CUBE KID

TAGEBUCH EINES ~~NOOBS~~ MEGA-KRIEGERS

Published in the French language originally under the title:
Journal d'un ~~Noob~~ (mega-guerrier) – volume 3

ISBN 979-1-0324-0033-3

Texte: Cube Kid
Illustrationen: Saboten
Layout: Axel Mahé

Übersetzung aus dem Französischen: Annette Ostländer
Lektorat: Christoph Eiden
Satz: ce redaktionsbüro
Redaktion: Franziska Funcke
Coveradaption: MWK, Köln

Gesamtherstellung: Ullmann Medien GmbH, Rheinbreitbach

Printed in Poland, 2018

ISBN 978-3-7415-2217-8

10 9 8 7 6 5 4
X IX VIII VII VI V IV III II I

www.ullmannmedien.com
info@ullmannmedien.com
facebook.com/ullmannmedien
twitter.com/ullmannmedien

MIX
Papier aus verantwortungsvollen Quellen
FSC® C129466
FSC
www.fsc.org

Für Lola Salines, die Herausgeberin dieser Bücherreihe,
die am Freitag, den 13. November 2015 in den Club Bataclan
tanzen gehen wollte. Danke, dass Du an mich geglaubt hast.

Cube Kid

CUBE KID

TAGEBUCH EINES ~~NOOBS~~ MEGA-KRIEGERS

h.f.ullmann

MONTAG
SEHR FRÜH

Ich bin schon **vor Sonnenaufgang aufgewacht** und konnte nicht mehr einschlafen. Mama und Papa dagegen schliefen beide tief und fest. **Kein Wunder:** Sie waren die ganze Woche mit der Ernte beschäftigt.

Vielleicht haben sie auch deswegen **nicht widersprochen,** als ich ihnen von meinem Wunsch erzählte, Krieger zu werden: **Sie waren einfach zu müde, um mit mir zu diskutieren.**

Sie haben sogar mein Taschengeld **erhöht.** Vor ein paar Tagen hatte ich folgende Unterhaltung mit meiner Mutter:

– Hier hast du ein paar Smaragde, kauf dir davon **eine Robe mit Eisschutz II.** Einverstanden, **mein Schatz?** Ich möchte nicht, dass du krank wirst.

– Da mach dir mal keine Sorgen, Mama. Aber **trotzdem danke!**

– **Und iss bitte immer deine Steaks auf!** Deine Hungerleiste bleibt nicht lange voll, wenn du dich nur von Keksen ernährst.

– Aber Kekse sind doch **lecker** ...

– Und zieh heute deine Lederrüstung unter dem Umhang an. Sie **federt deine Stürze beim Training** ab.

– Mama … Rüstungen sind nicht dazu da, Stürze abzufedern.

– Na gut, dann lass es.

Auch **Jello schlief noch.** Ich hörte die vertrauten Geräusche aus seiner Kiste – **blubb, blubb …** das ist eben seine Art zu **schnarchen.**

Ich zog mir die Stiefel an, schnappte mir **mein Schwert** und ging hinaus. Es war noch ziemlich dunkel. Doch als ich mich der Schule näherte, ging die Sonne allmählich über den grauen Dächern auf und tauchte die tristen Straßen in rosafarbenes Licht. Für einen Dorfbewohner ist das ein ganz besonderer Moment. **Wenn die Sonne aufgeht, ziehen** sich die Monster in den Wald **zurück**, in dem es niemals hell wird. Sobald sie weg sind, **erwacht** das schlafende Dorf zum Leben.

***

Um einen klaren Kopf zu bekommen, hatte ich mich entschlossen, eine **kleine Joggingrunde** zu drehen. **Das war ein Fehler.** Nach fünf Minuten schäumte ich vor Wut … ich hatte **die Plakate** gesehen. Sie hingen **überall.**

Auf den meisten von ihnen war **Pierre** …

Es gab fast ebenso viele Plakate mit Esmeralda, Steve, Mike, dem Bürgermeister ... und sogar mit Urf. Urf!

So wie es aussieht, hat er sich am **Sonntag mit prall gefüllten Taschen verdrückt** und die Hälfte der **Dorfvorräte** mitgehen lassen: zwei Esel beladen mit Truhen voller **Eisenblöcke, verzauberter Bücher** ...

Kurzum, alles, was uns wert und teuer war.

Das war schlichtweg Verrat!!!

Er hat die Seiten gewechselt.

Nicht nur, dass er den Monstern seine **Diebesbeute** zum Geschenk gemacht hat, er kann sie jetzt auch mit **unschätzbar wertvollen** Informationen versorgen! So kann er ihnen beispielsweise mitteilen, wie sie auf **direktem Wege zu unserer Schule** kommen. **Auf seiner Flucht** hat er haufenweise Gegenstände fallen lassen. Große Gegenstände, Waffen, Rüstungen ... Sicherlich waren sie zu schwer für ihn, und er wollte so schnell wie möglich fliehen. **Seine Angst war offensichtlich größer als seine Gier ...**

Einige Plakate zeigten **die Namen der Dorfbewohner,** die sich am Samstag so **tapfer geschlagen** hatten. Ihre Gesichter waren zwar nicht abgebildet, ich möchte sie aber trotzdem erwähnen. **Sie haben schließlich genauso tapfer gekämpft wie Pierre.**

BLEIB SO, WESTON!!!

WESTON
HEATHER
MIA
MARY
EMMA
SOPHIA
BRIGID
LUNA
ALYSSA
ANDREA
MARISA
RACHEL V
AILEEN
JOAN
GRACE
ZAYNE
MERIEDI
TOMOYA
WILL
BRENNAN
MARCO
TOBI
WESTON
SCOOEY

CHARLIE
BOSTON
BECK
GRYFFEN
CASA
DYLAN
KHAN
GABE
DAN
MICRO
MATTHEW
THOMAS
ANTHONY
THOM
SPARROW
PAUL
BRAD
LINCOLN
ANDREW
ALEX
JAMES
FINN
ELLIS
FRANKIE

HALLÖCHEN, GABE

GABE
CAMERON
RAFI
SAM
BLOOTY
JAKEY
ZAK
NOAH
OWEN
RHETT
JOEY
JAMIN
SIMONE
JOSH
CLARK
KYLE
HAYDEN
JAY
OSCAR
SAMUEL
REMY
JACK
CADYN
RYAN

VIEL GLÜCK, RYAN!!!

Ein **eiskalter Wind** kam auf. Ich schlug den Kragen meines Umhangs hoch, **betrachtete** die Häuser um mich herum und fragte mich, **ob sie irgendwo dort war**, da vorn, dort drüben, wann sie wohl ...

Wer ist sie?

Sagt sie die Wahrheit?

Hat ihr Vater sie wirklich geschickt,

um mich auszuspionieren?

Aber eigentlich spielt das keine Rolle, **denn eines ist sicher ...**
Ich warf einen Blick auf meine **Lebensleiste,** diese kleine Reihe voller Herzen, **die ich nur ihr zu verdanken hatte ...**

Ich lief durch **die leeren Flure** der Schule. Alle Räume waren leer. Alle, bis auf einen: **das Büro des Schulleiters** in der zweiten Etage.

– Herr Professor ... **Brio?**

Er lachte nicht unfreundlich.

– Guten Tag.

– Guten Tag.

Wir haben uns **nicht wirklich** einen guten Tag gewünscht, dazu waren wir beide zu misstrauisch. Ich habe mich hingesetzt ... entweder auf eine Stufe oder auf einen Stuhl, je nach der Welt, in der **ihr mich lest.**

– Sind Sie jetzt neuerdings der **Schulleiter?**

Als er seine Brille zurechtrückte, konnte ich kurz seine violetten Augen sehen.

– **Kann man so sagen,** antwortete er. Ich betrachte die Fortschritte jedes einzelnen. Es wird höchste Zeit, **einen Zahn zuzulegen. Auch für mich!**

Er erhob sich, und ich folgte ihm bis **zum Turm.** Wir stiegen ganz hinauf und konnten von dort die **Ostmauer** sehen.

– **Ich bin tatsächlich überrascht.** Sie haben es geschafft, den Pilzstand wieder so aufzubauen, wie er war. Du hast mehr Schaden verursacht als eine Horde wildgewordener Wither.

– Es tut mir leid, ich wusste nicht …

– Hauptsache, du lebst. Du hast jede Chance genutzt, um zu überleben. Ich bin wirklich beeindruckt. Allerdings hättest du es ohne Alice nicht geschafft. Fragst du dich gar nicht, wie sie das angestellt hat?

– Doch! Wie denn?

– Sprungkraft IV, Schnelligkeit II, Stärke III, Steinhaut V. Die letzte Verzauberung ist ziemlich teuer ... schmeckt scheußlich und sieht auch so aus.

Ich blinzelte kurz.

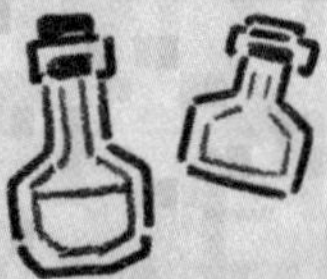

– Zaubertränke ...?

– Ja. Sie hat so viele getrunken, dass sie nun krank ist. Darum wird sie heute auch nicht kommen. Anordnung ihres Vaters.

– Das steckte also dahinter! Es waren wirklich Zaubertränke ...?

– Ich kann mir denken, dass du eine aufregendere Erklärung hören wolltest, dass es eine spezielle Macht war, vielleicht sogar Magie ...

– Ja, mag sein.

– Dann freu dich doch. Die Magie existiert tatsächlich, und zwar jenseits der Verzauberungen und Tränke ... Eines Tages werden wir sie uns zurückholen.

Zurückholen? Im Sinne von „Wiedererlangen"? Sollte das etwa heißen, dass wir einmal Magier waren?!

Ich traute meinen Ohren nicht. Doch Brio fuhr fort, bevor ich eine Frage stellen konnte.

– Ich habe gehört, dass **der Riesenschweinezombie** eine Waffe besessen hat, die sich nun in deinem Inventar befindet. **Ich hätte sie gern.**

– **Was? Warum?**

– Das geht dich eigentlich nichts an.

– **Pff.**

Ich übergab ihm **die mörderische Angel.**

– Ich habe sowieso noch nie gern geangelt. So wie ich mich kenne, würde ich wahrscheinlich versehentlich **einen Creeper fangen.**

Brio kicherte, bevor er die Waffe in seiner Tasche verstaute. Dann beugte er sich nach vorn und betrachtete die Straße unter uns.

– **Großartig, nicht wahr?** Dies ist das **einzige** noch heile Dorf in ganz Minecraftia. **Es gibt keine Dörfer mehr** in der ganzen Umgebung ... rundherum nur noch Wüste und zigtausende von Blöcken.

– **Wüste?**

Er schüttelte den Kopf.

– Ich habe gehört, dass **einige Dorfbewohner überlebt** haben. Sie haben sich jedoch **in alle Winde zerstreut** und verstecken sich **unter der Erde.** Ich fürchte, wir sind **die allerletzte**

Hoffnung von Minecraftia ...

– ...

– Wir müssen uns ebenso **weiterentwickeln,** wie die Monster es tun. **Unsere Festung muss verstärkt und unsere Verteidigung verbessert werden. Wir brauchen neue Waffen** und eine **effizientere Landwirtschaft.** Wir müssen neue Wege gehen. Das ist **unsere letzte Chance, Herobrine zu schlagen.**

– ...

Er drehte sich zu mir um.

– **Das Abenteuer beginnt!**

MONTAG-NACHMITTAG

Brio hatte es **ernst** gemeint. Wir mussten **einen Zahn zulegen.** Sie waren **überall in der Schule** und hatten Stöcke in der Hand. **Nein … sie drohten uns mit ihren Stöcken. Das war ultranervig!**

Da war zum Beispiel dieser Junge … **Roc.** Er ist **kein schlechter Schüler,** er hat fast überall gute Noten und weiß **mit dem Schwert umzugehen.**

Aber er **trödelt** immer auf dem Flur herum. Heute quatschte er dort mit seinen Freunden, nachdem der Kurs **„Geschichte der Monster II"** bereits begonnen hatte. Naja, einer von den Typen ging auf ihn zu und **schlug ihn mit dem Stock auf seine Schulter.**

– **Was stimmt mit dir nicht?** Die Monster schwänzen ihren Unterricht nie. Sie schwänzen höchstens das Frühstück, um noch mehr arbeiten zu können!

– A … aber ich bin kein M … Monster!

– **Allerdings!** Monster widersprechen auch niemandem, der **höher in der Hierarchie** steht. Das ist dein **zweites Vergehen!** Pass auf, dass nicht noch ein drittes hinzukommt!

Daraufhin **schlug er ihn erneut** mit seinem Stock.

Wir haben **alles mitangehört** und schnell erkannt, was bei einem **dritten Vergehen** passiert: Nachdem Roc sich gesetzt hatte, **sah** er sich **um** und blickte aus dem Fenster ... **kurzum, er sah auf alles, nur nicht auf den Lehrer.** Einige Minuten später **stürzten** zwei Typen in die Klasse und **rissen Roc** so schnell **von seinem Stuhl,** dass er dabei doch tatsächlich **seine Schuhe verlor.**

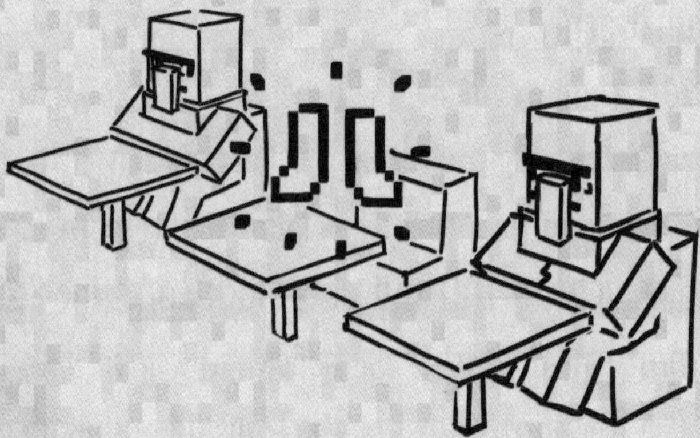

Schlagartig wurde **aus dem Kurs „Geschichte der Monster II"** der **interessanteste Kurs des Universums.** Wir begannen **mitzuschreiben,** waren **aufmerksam,** blickten nur nach vorn, **nickten zustimmend** und **voller Begeisterung,** und das alles nur, um zu verhindern, dass sie wiederkamen. Wir stellten uns vor, wie sie auf dem Flur geduldig auf den kleinsten Ausrutscher, **auf den kleinsten Fehler von uns** warteten.

Herr Rotkopf, der Geschichtslehrer, setzte seinen Unterricht fort:

– Nach mehreren Jahren seiner Existenz in der **Oberwelt verwandelt sich** ein Zombie in ein Skelett. Nach und nach wird es **immer intelligenter** und verschwindet, wenn es verletzt wird.

Mir ging dabei Folgendes durch den Kopf: Nach **30 Minuten** seiner Existenz im Kurs **„Geschichte der Monster II"** wird Minus sich in einen **Zombie** verwandeln. Minus wird **Seufzer** ausstoßen. Minus wird zur nächsten Tür eilen und sie mit dem Kopf **einschlagen ...**

Sogar Pierre wurde mittlerweile **von diesen seltsamen Dorfbewohnern belästigt.** Nach dem Unterricht unterhielt er sich mit **Sara,** wobei sie beide mit dem Rücken zu den Schließfächern standen. **Wie ein Creeper,** der einen Trank der Unsichtbarkeit eingenommen hatte, schlich sich Brio unbemerkt heran und räumte Pierres Schließfach aus.

Pierre drehte sich plötzlich um.

– **Hey! Das sind meine Sachen, Endernoob!**

Brio lächelte.

– Wenn du anstelle von **„Hey!"** vielleicht **„Mein Herr"** gesagt hättest und statt **„meine"** vielleicht **„Ihre"** und statt **„Endernoob"** vielleicht **„ich hoffe, Ihnen schmecken diese köstlichen Steaks, weil Sie so großartig und genial sind"**, hätte ich mich sehr gefreut.

– **W ... Was?**

– **Erstes Vergehen.** Du holst auf.

Als die Frühstücksglocke ertönte, beeilte sich Pierre zur Cafeteria zu gelangen. **Ratet mal,** wer dort bedient hat?

Würde sie die Mahlzeiten zubereiten, wäre das Essen bestimmt **viel lustiger.** Wir würden zwar **keine Steaks** bekommen, aber alles andere wäre bestimmt viel besser als das, was sie uns jetzt servierten. **Wie ihr seht,** standen diese seltsamen Typen hinter der Theke und hatten für die Kinder, die **bestraft werden sollten,** eine **besondere Spezialität** vorbereitet.

Nicht? Warum möchtest du denn keine **sämige** Erdsuppe?

Vielleicht ein Kieselsandwich? Oder **gegrillte Spinnenpfote?**

Gar nichts?

Vielleicht einen **Schleimkuchen** zum Nachtisch?

Gut, wir haben kapiert. Ist doch klar, worauf sie hinaus wollen. Sie wollen **uns abhärten** und uns auf die künftigen Schlachten vorbereiten. Wir sollen **aufmerksamer** werden, damit uns nichts entgeht, damit wir keine Fehler machen. Das könnte uns schließlich eines Tages **das Leben retten.** Ja ja ... weiß ich doch.

Aber ... Treiben sie es nicht **ein bisschen zu weit?**

Schließlich sind die meisten Schüler nicht älter als **12 Jahre.**
Na gut, wir sind mittlerweile **größer als ein Block** ... und die Golems bringen uns keine Blumen mehr, wenn sie sich langweilen ... aber **wir sind doch immer noch Kinder.**

Oder etwa nicht?

Aber für Pierre scheint das **nicht zu gelten.** Beim Lauftraining haben sie ununterbrochen **auf ihn eingeschrien.** Ich muss zugeben, er ist mir nicht sonderlich sympathisch, aber er hat sich nicht unterkriegen lassen, auch nicht als **Perce** und zwei andere Dorfbewohner ihn gleichzeitig angeschrien haben. Es **perlte alles einfach von ihm ab.**

Während wir **rannten, spazierte** Brio mit verschränkten Armen zwischen uns umher und hielt einen **ultralangweiligen** Vortrag:

– Die Monster sind zwar weg ... aber **für wie lange?** Was planen sie **als Nächstes?** Ihr solltet auf eure Lehrer hören, damit ihr zu **geschickten Kriegern** werdet ... Um euch auf die Verteidigung des Dorfes vorzubereiten, solltet ihr möglichst viele Bücher über Monster lesen ... Trainiert eure **Schwertkunst und drescht auf die Monsterpuppen ein!** So garantiert ihr künftigen Generationen eine bessere Zukunft. Eines Tages werden wir an einem **herrlichen Sandstrand** leben ... Wir werden **Kakaobohnen** essen und **Wassermelonensaft** trinken. Wir werden uns in der Sonne bräunen, was **Zombies niemals vergönnt sein wird.** Vielleicht **hassen** sie uns deshalb **so sehr.**

Ihr werdet euren Lehrern zuhören.
Ihr werdet mindestens 5 Stunden pro Tag trainieren, ihr Bande von Grundgesteingrabern ...
Ihr Kugelfisch-esser ...
Endermen-jäger ...

Träger einer goldenen Rüstung...

Kakteen-reiter !!!

Auf den ersten Blick scheint dies **eine neue Art Schleim** zu sein...

aber das **bin nur ich.** Ich ... **ruhe mich aus.**

Mhm ... ja, wirklich, **nur ein kleines Päuschen.**

(Hey! Wenigstens bin ich nicht mit dem Gesicht zuerst ohnmächtig in den Dreck gefallen.)

Der Konkurrenzkampf in der Schule **wird härter.** In den wenigen Augenblicken, in denen wir Schüler unter uns sind, haben sich schnell **kleine Gruppen** gebildet.

- **Team Handwerk;**
- **Team Noob;**
- **Team Girl Power;**
- **Team Redstone;**
- **Team Pierre** *(hat er selbst aufgestellt);*
- **Team Esmeralda** *(mit dem Team Pierre befreundet).*

Das Team Minus gibt es natürlich auch, aber im Moment scheinen alle dieses Team zu **hassen.**

Warum? Es ist noch gar nicht lange her, da haben sie mich um handwerklichen Rat gefragt! Sie nannten mich **den „Jungen mit den grünen Eiern".** Doch nun haben sie uns noch nicht einmal **gratuliert,** für das, was wir, **Alice und ich,** getan haben ... **Es ist ein Skandal!**

Ich habe uns **von einem Riesenmonster befreit,** und zwar mit einem **Pilz, der noch viel riesiger war.** Doch niemand scheint das **super**genial zu finden.

Ganz im Gegenteil. Als ich heute mit Max über den Flur ging, hat **Ariel** mir einen ausgesprochen **„vernichtenden"** Blick zugeworfen. Besser gesagt, einen **wütenden Blick:** Sie neigte den Kopf angriffslustig, blickte zum Himmel und zog die Schultern **abwehrend** hoch. Dann drehte sie sich zu **Esmeralda** und **Sara** um und flüsterte ihnen etwas zu, wobei sie mir noch einen wütenden Blick zuwarf. Auch Sara blickte mich wütend an. **Mann ...** ich hatte nicht den Eindruck, dass sie **allzu nette Dinge** über uns erzählten.

Außerdem **hörte ich auch andere tuscheln,** während ich über die Flure lief:

– Was hat er jetzt für ein **Level?**

– Ich bin in Landwirtschaft **viel besser** als sie.

– Sie hält sich für **eine Kriegerin,** oder?

– Habt ihr sein Register gesehen?

– Er trägt jetzt immer diesen **dunklen, superhässlichen Umhang.**

– Ich habe Pierre und Sara zusammen gesehen …

– Offensichtlich haben Minus und **dieses seltsame Mädchen …** äh … ich habe ihren Namen vergessen. Naja, Ariel hat jedenfalls gesagt, dass sie den **Riesenschweinezombie** besiegt hätten. Ich glaub's ja nicht. **Diese beiden Noobs? Pff! Geht's noch?**

Zwischen den Kursen schlenderten die **Teams ultralangsam** über die Flure. Das **Team Pierre** und das **Team Redstone** sind sich über den Weg gelaufen und haben sich diesen **Blick** zugeworfen, ihr wisst schon, die Köpfe geneigt, die Schultern hochgezogen, bevor sie in ihre jeweiligen Klassenräume gingen.

Ich bin besser als er.

Wir sind besser als sie.

Dieses Mädchen hat einen superschlechten Score.

Dieser Junge ist ein Obernoob.

Was haben die bloß für eine Rüstung?

Sogar die Mitglieder des **Teams Minus** blickten mich von oben herab an! Auch dieser Junge, der einen **schlechteren Kampfscore** hat als eine Tür.

Willkommen

in meinem Leben!

So ist es eigentlich seit meinem ersten Schultag **immer** gewesen ... nur dass es in letzter Zeit noch **viel schlimmer** geworden ist. Ich frage mich wirklich, ob es **auf der Erde** auch so zugeht? Nach der Schule durften wir uns einer **besonderen Aktivität** widmen:

Wir gruben eine Art Minenfeld.

Supergenial! Nachdem ich mindestens **200 Löcher** gegraben hatte, fühlten sich meine Hände wie Brei an. Oh, und fragt mich bloß nicht, was dieser **Golem** auf der Mauer trieb.

Das weiß niemand.

Es ist ein **Geheimnis.**

Man kommt nur **über eine Leiter** auf die Festungsmauern. Soviel ich weiß, sind Golems gar **nicht in der Lage,** auf eine Leiter zu klettern. Wer weiß, vielleicht sind sie ebenso wie die Monster inzwischen **schlauer** geworden. Schon möglich, dass sich ein Golem im nächsten Jahr um den **Posten des Bürgermeisters** bewirbt.

Ich jedenfalls würde ihn **ganz sicher** wählen!

Da wir gerade über den Bürgermeister sprechen – er hat vor dem Mittagessen eine Rede gehalten. Er schrie:

– Wir werden **unsere Festungsmauern so hoch** und **so dick** bauen, dass die Abenteurer, die unsere Ebenen erforschen, glauben werden, **im Biom Extreme Berge** gelandet zu sein!!!

Die Menge jubelte, und er fuhr fort:

– **Lasst die Monster nur angreifen** und die Creeper in der Nacht explodieren. Wir werden uns am Morgen bei ihnen dafür **bedanken,** dass sie für uns Erde und Sand angehäuft haben. Wir werden uns bei ihnen dafür bedanken, weil wir **unsere Schaufeln nicht mehr benutzen müssen!**

Noch **mehr** Jubel und Applaus.

Es war **zehnmal lauter** als das Geschrei von Perce **!!!**

– Unsere Festungsmauern ... **werden niemals einstürzen!**

DIENSTAG

Erinnert ihr euch noch, was gestern in der Schule passiert ist?

Nun, heute war es **kein bisschen besser.**

Sie haben uns eine neue **Sonderaufgabe** gegeben: **„Flucht vor Zombies I".** Perce hatte sich eine flaschengrüne Robe angezogen und sein Gesicht **leuchtend grün** angepinselt. Er schlüpfte in die Rolle eines Zombies und versteckte sich an den **merkwürdigsten** Orten. **Ihr müsst euch das so vorstellen:** Ihr lauft ganz ruhig zu eurem nächsten Kurs, **ihr seid pünktlich.** Ihr redet mit niemandem und sagt euch: **Ich werde im Unterricht aufpassen und alles mitschreiben. Ich werde Fragen stellen. Mein Bestes geben.**
Dann stürzt plötzlich eine **Mischung aus Zombie, Hexe und Creeper** aus der Abstellkammer, **stöhnt und sabbert.** Dieses Ding kommt **direkt auf euch zu.**

Der **Speichel vermengte** sich mit der **grünen Farbe** und lief ihm das Kinn herunter. Kommt schon, ihr giftigen Spinnen, spielt euch nicht so auf, **denn das hier war das wahre** Gesicht des SCHRECKENS!

Ich weiß nicht, ob der grüne Sabber **gewollt war**, aber die **Mädchen kreischten** lauter als ein voll aufgedrehter **Musikblock.**

Ich würde fast sagen: **Mission erfüllt.**
(sogar die Jungen kreischten, sogar sie ...).

Niemand hatte uns **vorgewarnt!**

Alle dachten, es wäre eine neue **Zombiegattung** aufgetaucht. Ihr ahnt es sicher schon: Jeder, der sich von Perce fangen ließ, wurde auch noch **gedemütigt.** Er musste **für den Rest des Tages** eine grüne Robe tragen wie Perce. Als wäre dies nicht schon schlimm genug, haben sich **Pierre, Roussin** und **Roc** auch noch daran ergötzt, einige der Unglücklichen in den Brunnen zu **tauchen.**

Ich gehörte nicht zu ihnen, jedenfalls nicht heute.
Oh nein, meine Freunde!

Als Perce **auftauchte,** bin ich so schnell gerannt ... man hätte mich glatt für **einen Enderman** halten können. Da fehlten nur noch eine **violette Brille** und ein dunkler Umhang.

Seit **drei Tagen** helfen wir bei den **Reparaturarbeiten** in den zerstörten Gegenden des Dorfes, aber leider **nicht sehr effizient.** Mein Architekturscore ist eigentlich nicht so schlecht, aber das gilt ganz sicher nicht für alle. **Sie machen viele, viele, viele Fehler.**

(Für die irdischen Leser weise ich darauf hin, dass das Bauen in unserer Welt nicht ganz so leicht ist wie in einem Computerspiel. Habt ihr schon einmal versucht, einen Steinblock zu schleppen? Ja, genau. Das ist hart.)

FEHLER #1

Soll das etwa ein modernes Kunstwerk sein?

FEHLER #2

Wer braucht schon Treppen? Hinunterfallen geht doch viel schneller.

FEHLER #3

Einen Satz über 3 Blöcke, und schon ist man in der 2. Etage. So bleibt man in Form.

FEHLER #4

Die berühmte Eisentür ohne Knopf, so bleiben die Monster draußen!
Genial!
Äh … oh … ups …

FEHLER #5

Dieser Knopf ist nur Endermen vorbehalten.

FEHLER #6

Fenster oder Tür, egal ... ist ja fast dasselbe ...

FEHLER #7

Glaubt mir, dieser Fehler hat nicht sehr lange gehalten. Das gilt für das ganze Gebäude. Hey! Eigentlich weiß doch jeder, dass Holz und Lava keine gute Mischung sind.

FEHLER #8

Es ist ja auch voll-kommen uncool, eine Holztür mit der Hand zu öffnen ...

FEHLER #9

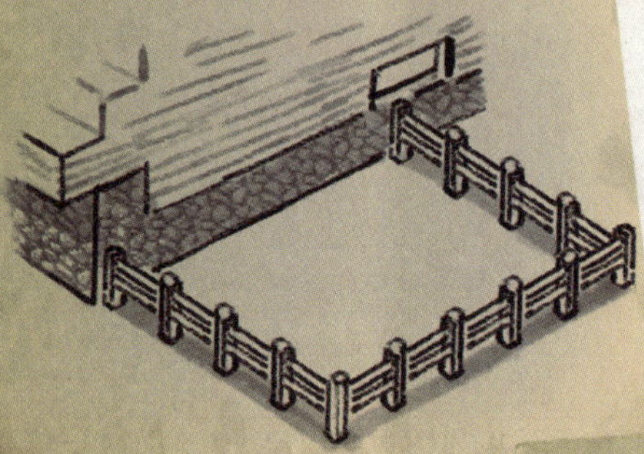

Nur für Ninja-Bauern, die mit einem Salto über den Zaun springen können.

FEHLER #10

Nur ein Enderman hätte diese Unterkunft gebaut. Er braucht keine Tür, er teleportiert sich einfach hinein.

FEHLER #11

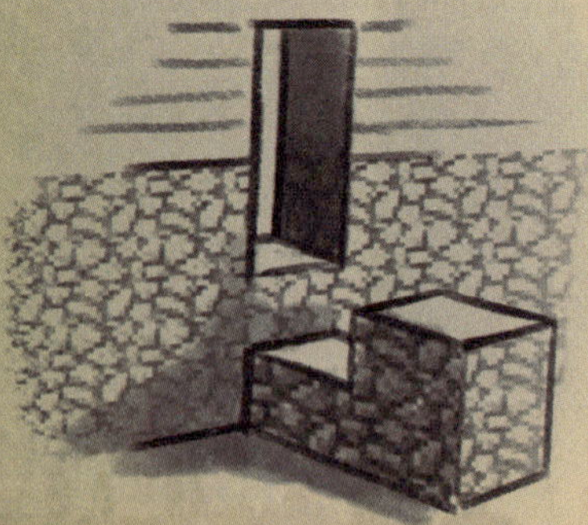

Wie kann man nur so unbegabt sein ...?

Ich bin müde. Ab in die **Heia.**

MITTWOCH

Brio hielt seine übliche Ansprache, während wir **rannten** und **rannten** ...

– Es gab einmal einen Typen, der hieß **Herobrine**. Nein, eigentlich gibt es ihn immer noch ... Naja, er lebt jedenfalls schon **sehr, sehr lange** ... er hat **die Entstehung der Welt** gesehen ... er hat zu einer Zeit gelebt, als es **Städte** gab, **Schlösser** und **ausgedehnte**

Königreiche, die dort standen, wo unsere **kleinen Dörfer** heute sind ... zu einer Zeit, als die **alten Tempel** noch nicht alt waren ... in einer Epoche, in der die Wüstentempel noch nicht mit Sand bedeckt waren ... als die verlassenen Minen noch nicht verlassen waren ... als die Dorfbewohner noch anders hießen ... der Name ist schon lange vergessen ... **zu einer Zeit, als die Magie noch existierte.** Er ist der Feind, dem wir uns entgegenstellen müssen.

Wir dürfen ihn nicht siegen lassen.

Ähnlich wie am Montag könnte ich erschöpft zusammenbrechen ... mit dem Gesicht zuerst ins Gras.

Wenigstens blieben mir all diese Quälereien erspart, dachte ich mir.

Ich müsste mich nicht mehr so anschreien lassen.

Ich würde gar nicht mehr bemerkt ...

Schlecht wäre das nicht.

Doch als ich mich auf den Rücken drehte und die Augen öffnete ...

Perce blickte mich direkt an.

– **Glückwunsch,** Minus, deine Einheit wurde für das **Projekt Boot-Tintenfisch** ausgewählt.

Ich **rieb mir die Augen.**

– Das ist … äh … **genial,** aber … „Projekt Boot-Tintenfisch"?

Der Kampflehrer sah mich **mit einem Raubtierblick** an. Ich war schon froh, dass er mich nicht anschrie, da sein Gesicht nur einen Block von meinem entfernt war.

– **Morgen** wirst du mit Esmeralda einen **kleinen Ausflug ins Grüne** machen.

– …

Ich sagte nichts, aber ich dachte:

Ah! Okay. **Das ist alles?**

Wir gehen hinaus und **sagen den Monstern „Hallöchen"** …

Vielleicht begleiten wir sie in **ihren kleinen, gemütlichen Wald** und

trinken einen Tee mit ihnen.

DONNERSTAG

Also **heute ...** haben wir **das Projekt Boot-Tintenfisch** offiziell gestartet. Es ist ein Kurs, in dem es um die ... **Psychologie der Monster** geht. Im Wesentlichen will der Bürgermeister ergründen, wie die Monster denken. Aus einem mir unerfindlichen Grund wurde meine Kampftruppe für **diese Aufgabe** ausgewählt. Da **Alice** immer noch **fehlt** und **Urf verschwunden ist,** blieben nur noch ... **Esmeralda und ich** übrig.

Hurrr.

Gut, ich werde euch jetzt **das Projekt Boot-Tintenfisch** erklären.

Seht ihr **diesen Haufen behauener Steine** dort in der Ferne? Dieses Areal wird von Brio als **Bauplatz** bezeichnet oder einfach nur als **der Platz.** Esmeralda und ich wurden dazu auserkoren, **das sichere Dorf zu verlassen** und dort mit dem **Bau eines Hauses** zu beginnen. In der Zwischenzeit werden alle anderen Schüler, bewaffnet mit Pfeil und Bogen, **auf der Festungsmauer** stehen.

Ihr fragt euch sicher:
„Was soll das bringen?"

Die Idee ist es, ein Haus vor dem Wald der Monster zu errichten und ... **zu sehen, was sie dann unternehmen werden.** Greifen sie es an? **Zerstören sie es?** Meiner Meinung nach werden sie sicher nicht Händchen haltend um das Haus tanzen und **Kinderlieder singen.** Aber um das zu begreifen, müssen **Brio** und **Perce** dieses Haus wohl erst einmal bauen. Jetzt werdet ihr euch fragen, warum zwei erwachsene Männer **zwei 12-jährige Kinder** auffordern, **das sichere Dorf zu verlassen,** anstatt selbst hinauszugehen und das Haus zu bauen ...

Sie sind tatsächlich super mutig.

– Außerdem, sagte Brio, möchten wir, dass ihr ein **außergewöhnliches** Haus baut.

– Das **merkwürdigste** Haus, das ihr euch vorstellen könnt, fügte Perce hinzu.

– **Na klar!**, sagte Esmeralda und lächelte. Das kriegen wir hin! Solch ein **ungewöhnliches Haus** werden Sie noch nie gesehen haben. **Verrückt** mit einem **großen „V"!**

Sie **klopfte mir auf den Rücken** und sah mich an, als wolle sie sagen: „Sag jetzt bloß nichts **Falsches, kleiner Noob,** ich habe keine Lust, wegen dir **100 Liegestütze zu machen."**

Dann schob sie mich weg und sagte:

– Ich glaube, es ist höchste Zeit, das Projekt an jemanden zu übergeben, **der stark und mutig ist.**

Super.

Als wir vor dem großen Dorftor standen,
musste ich erst einmal tief Luft holen.

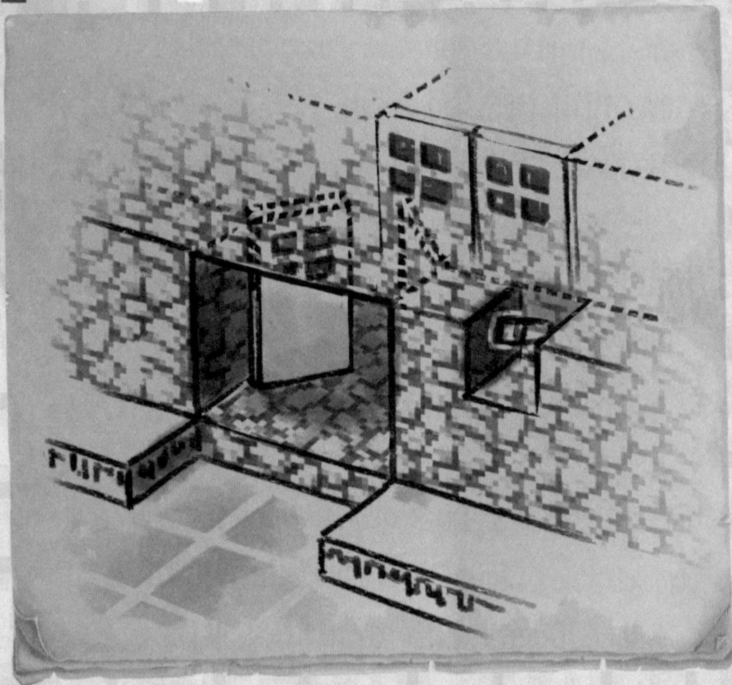

Es handelt sich um ein **doppeltes Torsystem,** das durch Hebel aktiviert wird. Wenn die eine Tür **explodiert,** bleibt immer noch **die zweite.** Das ist Teil unserer **Verteidigungsrichtlinien.**
Die zweite Tür kann außerdem nur **von innen geöffnet** werden.
Wenn Esmeralda und ich **über die Ebene laufen** werden, wird Perce die Türen **hinter uns** schließen.
Sobald die **Tore geschlossen** sind, werde ich wahrscheinlich **in Tränen** ausbrechen, ein Loch in die Erde graben und mich dort **einrollen** wie ein Kleinkind, bevor ich das Loch wieder mit Erde bedecke.

Dann waren wir draußen, und Esmeralda schaute sich um.

– **Gut ...** verkündete sie. Du wirst das Haus bauen ... **und ich gebe dir Rückendeckung.**

– Warum soll ich das Haus bauen?

– **Los jetzt!** **Die Schreihälse** wollen, dass wir **ein besonderes Haus bauen,** oder? **Also ist das dein Ding!**

– Was soll das heißen?!

Sie **verdrehte** ihre Augen in Richtung Himmel.

– Typ, du hast **ein Haus aus Öfen** gebaut. Du hast **ein Bossmonster** mit einem Riesenpilz getötet. **Im Königreich der Seltsamkeiten** wärest du **der Chef.** Außerdem hast du überhaupt keinen Stil. Sieh dir doch mal deinen **Waffenrock** an! Das kann man doch gar nicht Umhang nennen!

Ich nahm einen Sandblock aus meinem Inventar.

– **Pff.** Wenn ich dir nicht mehr zuhören muss, soll es mir recht sein.

– Du bist echt **ein Idiot** manchmal!

Sie verschränkte die Arme und drehte sich weg. Sie blickte erst wieder in meine Richtung, als ich begonnen hatte, **das Fundament** zu legen: **aus Sand.**

– **Was machst du da?**, zischte sie. Wir sollen ein Haus bauen, **keine Sandburg!**

Ich beachtete sie nicht. Ich hatte die Augen auf den Wald gerichtet ... nur für den Fall, dass die Monster uns überrumpeln wollten. Bei der kleinsten Bewegung wäre ich bereit gewesen, mich aus dem Staub zu machen. Bei einer seltsamen Wolke oder einer Fledermaus, die mich böse ansähe ... Puff! Ich würde die Beine in die Hand nehmen. Selbst eine Lore auf einer Antriebsschiene hätte null Chance gegen mich. Niemand.

Doch es bewegte sich nichts, und kurz darauf war mein Werk vollbracht.

Wie ich gesagt habe,
du bist verrückt!

Jap. Ein Kaktus-Haus.
Mit einem Dach aus Melonen.

Perce hatte uns vorher **jede Menge Gegenstände** mitgegeben.

Es war tatsächlich das **seltsamste Haus,** das ich mir vorstellen konnte ... vor allem bei dem Material, das uns zur Verfügung stand. Als wir zurückkamen **lächelte** Perce wie ein **Enderman** mitten in der Wüste oder wie ein Creeper in einer **katzenfreien Zone** oder wie ein **Champimuh mit Namen Binky.** Der letzte Vergleich ist sicher ein wenig unverständlich. Also, **Binky** war ein Champimuh, dem ich vor langer Zeit einmal begegnet bin, und es war **zehnmal größer** als eine normale Kuh. Ein Lächeln wie ein Champimuh heißt dann also ein besonders großes Lächeln, **genau! Ach, vergesst es!**

Was wollte ich eigentlich vor dieser Geschichte mit Binky erzählen?

Kurzum, **Perce ist zufrieden.** Nur darauf kommt es an.

– **Gut gemacht,** sagte er. Wirklich gut ... Fast **wie ein Noob, der eine Lohe umarmt!**

(Wow! Dieser Vergleich ist noch unverständlicher als meiner mit dem Champimuh! Cool! Jetzt fühle ich mich besser.)

Brio **nickte zufrieden,** als er das Haus betrachtete. Ich bin sofort zu **Max** und **Mastoc** auf die Festung gegangen, die mir zu meiner neuen Kreation **gratulierten. Pierre, Roussin** und **Roc** dagegen moserten, sie hätten noch nie etwas **Dümmeres** gesehen.

Hää ... das war doch die Aufgabe?

Bande von Noobs!

Schließlich versteckten wir uns hinter den Zinnen und **warteten.** Es dauerte nicht lange, bis **ein paar Zombies** aus dem Wald traten und mein **Kaktus-Haus** in Augenschein nahmen. Sie unterhielten sich in **dieser alten Sprache,** die ich nicht verstand, aber ... sie waren **eindeutig verwirrt** ... und **dann genervt.**

Sie packten **ihre Hacken** aus und begannen **mein Kaktus-Haus zu zerstören.** Sie schlugen **immer wieder** zu, bis nichts mehr übrig war, außer **einige Kaktusblöcke, die im Sand verstreut herum-**

lagen. Einen Großteil des Materials nahmen sie einfach mit. Ein Zombie **heulte wütend auf,** nachdem er einen Kaktusblock mit einem Fußtritt in die flache Landschaft **beförderte.**

Mein kleines, **niedliches** Kaktus-Haus!
Wie konnten sie es wagen?!

Die Zombies **verschwanden** wieder im Wald und Perce richtete sich auf.

– Gut, die kleinen grünen Typen sind **gar nicht so böse,** wie wir denken. Das Haus von Minus hat sie nur ein **wenig durcheinandergebracht.**

Esmeralda **seufzte.**

– Das heißt gar nichts, sagte sie. Mich hat es auch ziemlich durcheinandergebracht.

– **Das ist ja auch nicht so schwer,** stichelte Max.

– **Humpf!**

– **Streitet euch nicht!,** mahnte Brio. Ihr müsst nämlich noch einmal hin.

Esmeralda und ich schauten uns **verblüfft an,** bevor es aus uns heraussprudelte:

– **Was?!**

Dann erklärte er uns den **zweiten Teil des Projekts Boot-Tintenfisch.** Dieses Mal sollten wir **ein hübsches Haus** bauen.

Natürlich riss **Prinzessin Cinderella** diese reizende Aufgabe nun an sich und errichtete es nach künstlerischen Gesichtspunkten ... ach ja, sie **brachte noch ein Schild an. Ich hatte dieses kleine Detail vergessen.**

Wir kehrten **zur Festung zurück.** Wie beim ersten Mal erschienen die Zombies wieder und **untersuchten** das Haus. Ein Zombie **las das Schild, maulte** und trat mit dem Fuß dagegen. Dann schrie er etwas, und noch mehr Zombies **kamen aus dem Wald.**

–Sie **scheinen** uns nicht zu bemerken, flüsterte Max.

Er hatte Recht. Wir hielten uns zwar versteckt, aber es waren immerhin **ein paar Hundert.** Einer der Zombies **blickte sogar direkt** in unsere Richtung, bemerkte uns aber nicht.

– Die sind ja **total blind,** sagte ich. Vielleicht liegt es an der **Sonne.**

– Das kann für uns von Vorteil sein, nickte Mastoc zustimmend.

Hmm.

Vielleicht war das **Projekt Boot-Tintenfisch** letztendlich doch keine so schlechte Idee.

Wir haben heute **viel** über die Monster **gelernt.** Eine Zeitlang **unterhielten** sich die Zombies in ihrer **seltsam kehligen** Sprache. Dann begannen sie, **Esmeraldas Häuschen zu zerstören.** Ein Zombie beschäftigte sich mit den Blumen und zertrampelte **eine nach der anderen.** Ein anderer Zombie versuchte sogar, **eine der Blumen zu essen.**

Tatsächlich aß dieser Zombie eine blaue Blume, die dieselbe Farbe hatte wie seine Kleidung. Darum dachte ich zuerst, er würde sein T-Shirt essen. Das hat er aber nicht wirklich gemacht und ich hätte die Blume auch durch eine rote Tulpe ersetzen können, aber … in meinem Tagebuch soll nur die Wahrheit stehen.

Als wäre **all dies nicht genug,** tauchte auch noch ein Creeper auf und **sprengte alles in die Luft. Es ist nichts heil geblieben.**

Perce rief uns zusammen, als die Monster wieder dorthin verschwunden waren, wo sie hergekommen waren.

– Gut, **das reicht** für heute. Wir haben viel **über unseren Feind** gelernt und werden ihn jetzt **besser verstehen.**

Ich erhob mich.

– Warten Sie … ich würde gern **noch etwas ausprobieren.** Ich möchte noch einmal dorthin zurückkehren.

Verblüffte Aufschreie von allen Seiten! **Sogar Brio sah geschockt aus.**

– Warum das, Minus?

– Das ist schwer zu erklären … **Ääh** … könnte … **ich** … **vielleicht** … **einen Stapel Obsidian bekommen?**

Als er das Wort **„Obsidian“** hörte, wurde Perce **richtig wütend.**

– **OBSIDIAN?! WAS … SOLL DAS???**

Ich **bereitete** mich mental schon einmal **auf 200, vielleicht auch 300 Liegestütze** vor. *(Anmerkung: Wenn ich eines Tages Kampflehrer werden sollte, werde ich niemandem Liegestützen aufbrummen … vielleicht eher einen Wettkampf abhalten lassen, wer die meisten Kürbiskuchen essen kann.)*

Brio unterbrach ihn. Er nahm Perce am Arm und zog ihn ein Stück weg. Sie diskutierten **megalang.** Perce gestikulierte wild. Er schien zu glauben, dass die Verwendung von Obsidian für dieses Projekt **reine Verschwendung** sei.

Als sie wiederkamen, sagte Brio:

– Wir haben nur noch **einen einzigen Stapel Obsidian.** Urf hat den anderen mitgenommen. **Wirst du ihn sinnvoll einsetzen?**

– Ja, da bin ich sicher.

– Absolut sicher?

– Ja, **absolut sicher.**

– **Bist du wirklich sicher?** Wirst du ihn **klug einsetzen?**

– **Ja, wirklich sicher,** wenn ich den Obsidian nicht sinnvoll einsetze, werde ich mich in ein Enderbaby verwandeln.

– Einverstanden, **da hast du es.**

(Es ist nicht ganz genauso gewesen, ich wollte nur klar machen, dass sie sehr, sehr beunruhigt waren.)

Inwieweit beunruhigt? Stellt euch mal diese Szene vor: Brio und Perce haben **besorgte Blicke** ausgetauscht, die mit **„Unberuhigtsein der Stärke VII" verzaubert** waren. *(Vielleicht gibt es das Wort „Unberuhigtsein" auf der Erde nicht, aber wenn es ein **Intergalaktisches Komitee der Sprache** gibt, könnt ihr euch ja dort beschweren. Wenn ihr es nicht tut* *und uns eines Tages in unserem Dorf besuchen kommt, werde ich Mastoc bitten, euch drei Kekse oder einen Kuchen zu backen. Ihr habt die Wahl.)*

Brio übergab mir also **einen Stapel Obsidian.** Tatsächlich verdanke ich meine Idee **all den Fehlern,** die von so vielen Noobs beim Bau der Häuser im Dorf gemacht wurden.

Kurze Zeit später war ich wieder draußen und **entschlossen,** mit dem Bau von **Haus #3** zu beginnen. Ich weiß, ich habe viel Zeit vergeudet mit meinen Geschichten über Champimuhs, Unberuhigtsein und meinem Freund, der euch einen Kuchen backen wird.

Ich bin erst 12 Jahre alt, oder?
Ich habe den Kopf noch **in den Wolken!**

Der wichtigste Punkt ist, dass ich ein Haus aus Obsidian gebaut habe.

Ja, auf jeden Fall.

Aber eigentlich ist es **kein richtiges** Haus, **sondern eher ein ... äh ... nee**, ich weiß wirklich nicht, wie man es nennen soll.

Es ist eine **5 x 5 Blöcke große Schachtel**, ein **riesiger Würfel** aus Obsidian, **ohne Türen, ohne Fenster, ohne Irgendwas.**

Er **hält Explosionen** von Creepern, **TNT** und allen Werkzeugen **stand, solange sie nicht aus Diamanten sind.**

Erinnert ihr euch an **den Berg Bumm?** Den Berg aus **TNT?** Dieser Würfel würde selbst dem Berg Bumm standhalten, **stellt euch das einmal vor!**

Der Würfel ist absolut genial. Außerdem ist er **ultrageheimnisvoll.** Die Monster **können ihn eigentlich nicht zerstören,** es sei denn, sie besitzen **Diamantwerkzeuge.** *(Doch realistisch betrachtet, hätten wir den Krieg längst verloren, wenn sie Diamantwerkzeuge hätten. Daran würde auch die Verschwendung eines Stapels Obsidian nichts ändern.)*

Die Zombies kamen **ein drittes Mal** aus dem Wald und waren wirklich **überrascht.** Sie **klopften gegen den Würfel.** *(Warum?!)*

Sie traten ihn mit Füßen und prügelten mit **Steinhacken** auf ihn ein. Drei Creeper sind sogar **direkt vor ihm explodiert.** Als der Rauch sich gelegt hatte, **war der Würfel immer noch da,** ohne einen Kratzer, als würde er sich über sie und ihre Anstrengungen lustig machen. Daraufhin ließen die Zombies ihre Hacken fallen und **rannten zurück in den Wald.**

Sie hatten Angst.

– **Interessant,** sagte Max. **Die Angst vor dem Unbekannten** soll die größte aller Ängste sein. Das habe ich mal irgendwo gelesen.

Mastoc **schlug mir anerkennend auf die Schulter.**

– **Gut gemacht, Kumpel!** Sie werden sich tagelang damit beschäftigen, und wir können uns ein wenig entspannen. Ich muss noch was kochen!

Perce wusste nicht, was er davon halten sollte. Er stand am Rand der Festung und **beäugte den Würfel.** Er rieb sich das Kinn und sprach mit sich selbst. Als ich mich zu Brio umdrehte ... **beobachtete er mich, mich,** sagte aber nichts. **War er sauer?** Hatte ich **eine Dummheit** gemacht?

Vielleicht hatte ich den letzten Obsidianstapel des Dorfes vergeudet. Für nichts ...

FREITAG

Wir hatten heute alles in allem **kein schlechtes Training.**
Aber davon will ich euch gar nicht erzählen.

Seit heute Vormittag **sprechen alle nur noch über den Würfel.**
Nach dem Unterricht hatte sich das ganze Dorf auf der Festungsmauer versammelt, **um ihn sich anzuschauen.**

– Fehlt nur noch **das Popcorn,** witzelte Mike zu Steve.

Steve machte ein Gesicht wie damals, als es um **Pizza** ging.

– **Oh ja! Mit Butter? Mit Karamell?** Ich würde 50 Smaragde für Popcorn ohne alles ausgeben! **Ach, was erzähle ich da?!** Ich würde den **Mais auch roh** essen! Warum stehe ich hier rum und gucke mir einen dämlichen Würfel an? **Ich sollte mich besser um meine Rezepte kümmern!**

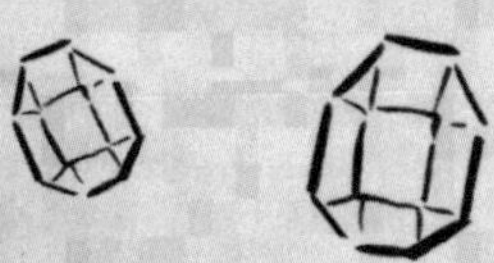

Mike tippte sich an die Stirn.
– Warum musste ich nur mit dem Popcorn anfangen? **Warum?**
– **Seid leise, ihr Noobs!**, zischte Pierre. Ihr **verscheucht** noch die Monster!

Doch die waren **viel zu sehr** mit dem Obsidianwürfel **beschäftigt.** Es war interessant zu beobachten, **wie sie sich mit ihm herumplagten.** Es gelang ihnen nicht, **seine Anwesenheit zu akzeptieren.** Sie wollten unbedingt herausfinden, warum er da war. Sie begriffen nicht, warum er sich nicht einfach **pulverisierte**, sich nicht wenigstens **ein Block zerstören ließ**, geschweige denn, ob sich etwas in seinem Inneren befand. *(Antwort: überhaupt nichts, nicht einmal eine Fackel.)*

Sie bauten an einer Seite **eine Treppe aus Erde an …**

Creeper stiegen auf den Würfel. **Ach ja!** Der Golem ist auch noch da.
Er sieht außerdem **sehr traurig** aus.

Legt euch eine Rüstung mit Explosionsschutz V zu.

Doch kehren wir zum Würfel zurück ...

– Urgbo! Jorgbo! Gurggo!, schrie ein Zombie.

Esmeralda:
Hey ... er zählt bis drei, oder?
Seht ihr das auch so?

Wahrscheinlich wollte der Zombie sichergehen, dass alle gleichzeitig explodierten, obwohl das auch nichts brachte. Laut Max machte das überhaupt keinen Unterschied.

SO STEHT ES AUF SEITE 81 IM HANDBUCH ZUM AUSHEBEN EINES TEICHS: SPRENGSTOFF HAT KEINERLEI AUSWIRKUNG AUF **OBSIDIAN, EGAL IN WELCHER MENGE.**

MAX – MOBILES WIKIPEDIA.

Die Monster probierten noch so einiges aus.

Mit TNT … **viel** TNT.

Mit **geladenen Creepern.**

Mit **verzauberten Eisenhacken.**

Mit TNT-Blöcken **und** geladenen Creepern.

Sie haben sogar versucht, sich **unter den Würfel zu graben,** um dann festzustellen, dass der Boden auch aus Obsidian ist.

Pff. LOL *(wie Steve sagen würde).*

Als ob ich dieses **Detail vergessen hätte.** Ich habe mittlerweile einen **Score von 97,** ihr **Noob-Gesindel!**

Die Zombies verbrachten **15 Minuten damit,** in die Tiefe zu graben. Sie haben sich sicher gesagt: **„Oh, wir graben so tief, dass wir von unten hineinkommen können! Wir sind ja nicht blöd!!!"** Dann aber stellten auch sie fest, dass der Boden aus Obsidian ist.

LOL.

Ein Zombie war **so genervt,** nachdem er aus dem Loch gekrabbelt kam, dass er mit seiner Schaufel **wieder und wieder** auf den Boden einprügelte.

– Mann ... dieser Zombie ist **voll sauer.**

Es begann zu regnen, und die Zombies **bliesen ihre Unternehmung ab.** Mastoc lachte.

– Und nun regnet es auch noch ...

– **Das Spektakel ist zu Ende,** verkündete der Bürgermeister. Es wird bald Nacht. Legt euch alle zur Ruhe, danke.

Ich verabschiedete mich von Mastoc und Max. Esmeralda sah mich schmollend an. Sie schien **mir noch etwas sagen zu wollen,** aber ich hatte keine Ahnung, was das sein könnte. Also ging ich an ihr vorbei und nach Hause.

Ich dachte an Alice.

Was sie wohl heute gemacht hat ...?

SAMSTAG-MORGEN

Die Monster **haben den Würfel** auch heute nicht **in Ruhe** gelassen. So wie ich gehört habe, ist stündlich ein neuer Zombie aufgetaucht. Er schlug mit der Hacke auf den Würfel ein und verschwand wieder im Wald. Er hat wahrscheinlich von dem Obsidianblock gehört und wollte sich wie seine Zombiefreunde an dem großen **„Würfelturnier"** beteiligen.

Das war alles schon **ziemlich cool.**

Ansonsten ... mache ich mir mittlerweile **wirklich Sorgen um Alice.** Was ist mit ihr geschehen? **Wo ist sie hin?** Sie war **die ganze Woche** nicht in der Schule, und ich weiß überhaupt nicht, wo sie wohnt. Ich glaube, ich bin **ihr einziger Freund,** also sollte ich mich um sie kümmern. Ich frage mich gerade, ob ich nicht vielleicht von **Haus zu Haus** gehen sollte, um sie zu suchen.

Ich komme später wieder, Tagebuch.

Ich habe Alice nicht gefunden. Stattdessen stieß ich an der dritten Tür, an der ich es versuchte, auf... **Esmeralda.** Und siehe da, sie wollte tatsächlich mit mir sprechen. **Sie bestand darauf.**

– **Ich muss** ... dir unbedingt ... **etwas sagen.** Du bist wirklich ein **netter Typ,** ehrlich. Das war richtig cool gestern. **Es tut mir leid,** dass ich vor ein paar Tagen einfach weggelaufen bin. Aber der Schweinezombie war **so riesig,** weißt du?

– Das sagt ausgerechnet **die Beste.**

Ich warf **einen bösen Blick** auf ihren **supertollen** Umhang. Deshalb hat die **falsche Heldin** mich also im Stich gelassen.

– **Hey!** Ich habe immerhin **die Eisengolems** für uns aufgegabelt. Ich bin kein Angsthase, **verstehst du?!**

– Ja, natürlich, **kein Angsthase**, habe ich kapiert.

Sie bekam einen leicht wütenden Geschichtsausdruck und **tippte** mich an.

– **Du hältst dich wohl für ziemlich cool,** aber **zwischenmenschlich** musst du noch **viel lernen.** Du regst dich doch wegen nichts auf, jawohl, und ehrlich gesagt, **du hältst alle zum Narren! Du machst immer alle an!**

Ach ja ...?

Esmeralda kniff die Augen zusammen.

– Du weißt wahrscheinlich gar nicht, was meine Freunde **hinter deinem Rücken über dich erzählen.**

– Nein, und es interessiert mich auch nicht.

– Gut, das muss es auch nicht. Aber du bist dabei, der unbeliebteste Typ der ganzen Schule zu werden.

Ihre Wut war plötzlich verschwunden. Sie lächelte.

– Ich will dir doch nur helfen, sagte sie. Ich werde dir zeigen, wie man nett und cool wird. Nach allem, was Pierre dir antut, könntest du wirklich mehr Freunde brauchen.

Ich sah sie misstrauisch an.

– Und was soll ich im Gegenzug dafür machen?

– Ich möchte zu deinem Team gehören.

– Äh ... du gehörst doch schon zu meinem Team. Und was für ein Team! Gegen dich und Urf hätten die Monster keine Chance. Erinnerst du dich an den Riesenschweinezombie? Er ist gar nicht durch das TNT explodiert. Er sagte sich nur: „Oh, Mist! Da kommen ja Esmeralda und Urf. Denen will ich unter keinen Umständen begegnen", und Bumm! Schon hatte er einen geladenen Creeper verschluckt.

– Das ist überhaupt nicht komisch. Davon rede ich auch gar nicht, du Dummkopf! Ich will zum Team Minus gehören. Ich möchte mit euch abhängen, mit dir, dem Küchenjungen, dem Intellektuellen und ... Alice.

Moment mal. Hat Esmeralda gerade wirklich gesagt, sie möchte **zum Team Minus** gehören?

Frau Oberbeliebt möchte mit einem Loser wie mir abhängen, mit mir befreundet sein?

– **Es ist schon komisch,** wenn man länger darüber nachdenkt, sagte sie. Wir lernen so viel in der Schule … wie man **craftet, Redstone**-Schaltkreise bastelt … aber sie bringen uns nicht bei, **wie man** sich **Freunde** macht.

Nach und nach verstand ich, was sie sagen wollte. Freunde sind **super**wichtig. Ich weiß das von Mastoc. Aber es ist auch **megawichtig,** sich nicht zu viele Feinde zu machen.

Freunde **sind das, was zählt!** Ohne Alice wäre ich **sicher** unter der Bezeichnung **„Dorfbewohnersuppe“** in **Urkks** Inventar gelandet. Wenn ich wüsste, wie man sich mehr Freunde macht, könnten **Pierre** und seine Bande mir nicht mehr **so viel Ärger** machen!

Das Leben ist … **die anderen?** Es wäre schon **schwer langweilig,** wenn es keine anderen im Dorf gäbe … nur **mich und die Blöcke …** Die Leute **in meinem Freundeskreis** sind **das Wichtigste** für mich.

Ich gehe in die Bäckerei und kaufe Kekse, wenn ich Lust dazu habe. Ich will Krieger werden, um **meine Familie zu beschützen.** Jeden Tag bete ich dafür, dass mir **Pierre** und **Roussin** erspart bleiben ... über all das rede ich mit anderen. **Sich Freunde machen.** Sich möglichst keine Feinde machen. **„Nett" sein,** wie sie sagt. Esmeralda hat recht. Warum bringen sie uns das nicht in der Schule bei?

Am Anfang war ich **richtig fies** zu Alice. Ich habe sie **einfach nicht beachtet.** Außerdem haben mich so viele Kinder um Hilfe gebeten, und ich habe sie alle **zum Teufel geschickt!** Kein Wunder, dass mir jetzt alle **böse Blicke** zuwerfen ...

Ich nickte und **richtete mich auf.**

– **Einverstanden,** sagte ich. Nehmen wir an, ich stimme zu. **Womit fangen wir an?**

Esmeralda strahlte
wie ein riesiger Scheinwerfer.

– Ich weiß genau, was Du jetzt brauchst. **Komm mit mir.**

SAMSTAG-NACHMITTAG

Jap. Esmeralda schleppte mich in das **größte Bekleidungsgeschäft** des Dorfes, in den **„Modetempel"**. Der Besitzer heißt **Flaco**. Wie man sieht, ist er nicht nur **ein Baufachmann**, sondern hat **auch noch Geschmack**.

Der Laden ist **gigantisch.** Einige Mädchen aus der Schule arbeiten hier als Aushilfen: **Heather, Mia, Marie, Emma**. Sie lieben es, **Kleidung herzustellen.**

Ach ja, auch **Sophia** und ihr Bruder **Ryan** sind dort. *(Ryan kämpft genauso gern wie ich. Daher hilft er Flaco beim Entwurf neuer Lederrüstungen.)*

Vor gar nicht allzu langer Zeit hat er auch **Tomoya** eingestellt … **Langweile** ich euch **mit diesen Informationen?** Mastoc hat gesagt, ich soll **mehr Details** über das Leben im Dorf erzählen.

Jedenfalls ist Esmeralda der Meinung, ich sollte **als Erstes einen neuen Umhang** kaufen, damit mich mehr Leute mögen. Eigentlich würde ich meinen gern behalten …

– Hast du **ein Problem** damit?

Sie schüttelte den Kopf und seufzte.

– Gut, ich sage nicht, dass du in **mit Diamanten besetzten Roben** herumspazieren sollst, aber … wenn du willst, dass die Leute dir mit mehr Respekt begegnen, musst du diesen alten Fetzen ausziehen.

– **Fetzen?! Ach was!** Man sieht die Schimmelflecken doch kaum!

– Urggh. Du bist ein **hoffnungsloser Fall.**

Offensichtlich kann man niemandem Schimmelflecken auf der Kleidung zumuten. Ich fasse es nicht.

Aber ich **warf** den **„Fetzen" weg** und beschäftigte mich mit Alternativen.

Die meisten Roben sahen **ungefähr** so aus. Esmeralda zeigte mir eine andere.

– Warum probierst du die nicht mal an?

– **Sie ist leuchtend rosa.** Das sieht albern aus.

– Dann vielleicht die **leuchtend grüne?**

– Bloß nicht.

– **Leuchtend violett?**

– Was?!

– Gut ... Vielleicht **himmelblau?**

Ich warf ihr einen empörten Blick zu.

– Nein

(Nein, Ende. Ihr habt sicher gemerkt, dass ich keinen Punkt dahinter gesetzt habe. So vergeudet ihr keine Zeit damit, den Punkt lesen zu müssen. Es ist euch wahrscheinlich sowieso egal, was ich hier erzähle, und ihr spart mal mindestens eine Viertelsekunde, da ich keinen Punkt am Ende des Satzes geschrieben habe, den ihr erst noch lesen müsstet.)

Schließlich ... entdeckte Esmeralda **die hässlichste Robe** des ganzen Geschäfts. Sie war ... **braun-gelblich-grünlich.**

– Die ist **gar nicht so schlecht,** oder?

– Das ist die Farbe von **Babykaka.**

– **Pff. Shopping** mit dir ist unerträglich!

Schließlich gesellte sich Flaco zu uns. Er muss **uns gehört haben.**

– **Aah,** was für ein starker Kerl! **Künftiger Krieger, ja?**

Ich habe da etwas Passendes für ihn!

Er machte eine Kehrtwendung.

– Tomoya! Wo ist dieses spezielle Kostüm? Das dunkelgraue?

Tomoya eilte herbei und führte uns zu dem Kleidungsstück, von dem Flaco gesprochen hatte. Es stand etwas versteckt in einer Ecke.

Wow!

WoWOwOWO

WOwoWOw!

Das ist die coolste Kleidung,
die ich jemals gesehen habe.

Sie hatte sogar eine Art Maske und Stiefel ... Mit ihr würden mich sogar die Monster ernst nehmen ... wenn sie kämen, würden sie sofort losheulen und mich anflehen, sie nicht mit einem Schlag zu töten. Esmeralda keifte hysterisch.

– Du kannst damit **nicht zur Schule gehen,** vor allem nicht mit **dieser Maske,** die ist total **bescheuert.** Damit wirst du zur männlichen Alice.

Pff. Ich **kaufte sie sofort.**

Und **noch eine** zweite für Mastoc

(Esmeraldas Vorschlag).

Dann habe ich Esmeralda gefragt, ob sie mich mal zeichnen kann.

Umwerfend, was?

Ziemlich cool, nicht wahr? Falls es euch nicht gefällt, liegt es nur daran, dass Esmeralda **nicht gut malen kann.** Ich habe sie gebeten, meine **supercoole** Kleidung **etwas weniger cool** aussehen zu lassen, sonst kreuzt ihr noch vor lauter Neid in meiner Welt auf, um sie mir zu **klauen.** Übrigens kann ich **die Maske** jederzeit ausziehen. Das ist sehr praktisch, weil wir in der Schule **eh nichts auf dem Kopf** tragen dürfen. Leider gilt das wohl auch für **Ninjamasken** ... *(Seufz.)*

Esmeralda sagte zu mir:

– Die **kann man übrigens färben** wie jede normale Lederrüstung. **Warum machst du sie nicht blau?**

– Ich werde darüber nachdenken.

Irgendwie hatte ich das Gefühl,
beobachtet zu werden.
Alice? **Ich habe sie aber nicht gesehen.**
Seltsam ...

SONNTAG-MORGEN

Ich wurde vom **Lärm einer Explosion** aus dem Schlaf gerissen.

Mama und Papa stürmten gleichzeitig mit mir aus ihrem Zimmer. Jemand lief **an unserem Haus vorbei** und schrie etwas von **einem Angriff.**

Die Westmauer **wurde angegriffen.**
Ich hasse diese Wochenenden.
Wirklich, **wirklich.**

Warum passieren all **diese seltsamen Dinge** immer am Wochenende? Ich kann mich kaum noch an eines erinnern, an dem **ich meine Ruhe hatte.** Mein Vater wollte mich natürlich **zurückhalten.** Aber schließlich gab er nach, seufzte **und nickte.**

– Ich kann dich wohl tatsächlich **nicht daran hindern,** dich in **derartige Abenteuer** zu stürzen.

Meine Mutter lächelte, doch sie **hatte Tränen in den Augen.**

– **Mein kleiner Krieger** ist so schnell erwachsen geworden. Pass gut auf dich auf, ja?!

Dabei gab es gar keinen Grund **zur Sorge.** Als ich die Westmauer erreichte, wurde mir schnell klar, dass es **nicht die Monster waren,** die die **Explosion verursacht** hatten.

Es waren nur **Menschen.** Das Wort habe ich kürzlich gelernt. **Leute, die von der Erde kommen,** heißen **Menschen**.

Wir haben die Westmauer **nicht genug** befestigt, also hat **ihr TNT** mühelos ein Loch hineingesprengt.
Als ich ankam, waren **sie bereits eingedrungen.**

Hunderte von Dorfbewohnern hatten sich **versammelt** und flüsterten sich gegenseitig allerlei Dinge ins Ohr, während sie **die beiden Krieger** beobachteten. Der Typ auf der rechten Seite **zeigte mit dem Finger** auf uns.

– **Dorfbewohner!** Wo ist das Schloss **von Herobrine?**

Der Bürgermeister bahnte sich einen Weg durch die Menge.

– **Herobrine?** Mit dem haben wir nichts zu schaffen! Aber wer seid ihr?

– Ich heiße **Karl** von der **Verlorenen Legion!** Ich war davon überzeugt, dass hier Herobrines Reich ist.

– **Tut mir leid,** sagte ein Mädchen, das sich als **Elisa** vorstellte. **Unser Clan zieht nach Osten.** Wir versuchen, Herobrines Vormarsch zu stoppen.

Verlorene Legion?

Habe ich noch nie gehört.

Und was ist ein **Clan?** Ich warf Max einen fragenden Blick zu. **Das mobile Wikipedia** hatte dazu nichts zu sagen.

Einige Augenblicke später stieß Elisa Karl mit dem Ellbogen an.

– **Ach ja!,** sagte Karl, rieb sich das Kinn und räusperte sich. Dieses Dorf steht ab sofort **unter der Kontrolle der Verlorenen Legion!** Als Führer des Clans **beschlagnahme ich Lebensmittel, Rohstoffe und eine Unterkunft, und zwar sofort!**

Unter den Dorfbewohnern kam Unruhe auf:

– Was will er denn damit sagen?

– Wir sollen ihm **unser Hab und Gut geben?**

– **Er ist verrückt,** oder?

– Das ist ein Witz. Er will unsere Vorräte? **Umsonst?!**

– **Das kommt überhaupt nicht in Frage!**, sagte der Bürgermeister. Wir haben genug andere Probleme! **Lassen Sie uns in Ruhe!**

Die beiden Menschen unterhielten sich flüsternd, dann richtete Karl das Wort wieder an uns:

– **Ihr seid NPCs!** Ihr werdet **uns gehorchen.** Ihr werdet vor uns niederknien und uns **ein wenig Respekt erweisen!**

Elisa fuhr fort:

– Wenn ihr uns nicht helfen wollt, werden wir euer Dorf **noch vor Sonnenuntergang zerstört** haben.

Der Bürgermeister blickte an ihnen vorbei:

– **Mit welcher Armee?**

In diesem Augenblick tauchten **massenweise Menschen** auf einem Hügel in der Ferne auf. Es wurden mehr und mehr. Schließlich waren es gut und gerne hundert, und sie sahen alle **ziemlich wüst** aus. Ihr wollt wissen, wie **wüst?** Stellt euch Typen vor, die in einem **2 x 1 Block großen Unterschlupf** unter der Erde geschlafen, **Fledermäuse gegessen** und Regenwasser getrunken haben. *(2 × 1, das heißt, ihr könnt eure Arme nicht bewegen und müsst im Stehen schlafen.)*

Genau das meine ich mit dem Wort **„wüst"**.

Viele von ihnen *(darunter auch Karl)* hatten **Diamantschwerter ...** und trugen Leder... oder Eisenrüstungen.

– **Oh!**, sagte der Bürgermeister. **Diese Armee ...** Na gut, dann kommt rein!

Er öffnete das Tor und ließ sie eintreten. Alle. **Insgesamt 125 Menschen, 88 Pferde, 31 Esel, 17 Kühe** und **11 Hunde.**

Oh! Und **8 Katzen, 3 Hühner** und sogar **ein Schaf.**

Genau. Ich kann sie gar nicht alle zeichnen.

So hat sich die Lage für das Dorf weiterhin **verschlechtert.** Wir können noch nicht einmal mehr **durch die Straßen laufen,** ohne ständig herumkommandiert zu werden.

– **Hey! Dorfbewohner!** Hilf mir mal hier!

– **Hey! Dorfbewohner!** Hilf mir mal dort!

– **Du! NPC!** Komm her und pack mal mit an!

– Du weißt nicht, was **„NPC"** heißt? **Non Player Character!**

– Du bist ein NPC!

– Tut mir leid, dass wir dich so nennen, **Junge,** aber ... du bist eine Figur aus einem **Computerspiel!** Nur eine **Datensammlung! Oh!** Wein doch nicht! Du hast doch gar keine **Gefühle! Hey!** Ich habe dir gesagt, **du sollst aufhören zu weinen!**

– Ihr existiert nur, um uns **Sachen zu verkaufen.**

– Wir **essen** eure Lebensmittel.

– Wir **schlafen** in euren Betten.

– Wir kommen **in eure Häuser,** wann immer es uns passt, auch nachts, **öffnen** eure Truhen, graben in euren Mauern und nehmen uns manchmal sogar eure Türen.

– Und **eure Werkbänke.**

– Und auch **euren Ofen.**

– Und **den Teppich.**

– Vor allem, wenn er weiß ist.

– **Blau ist aber auch schön.**

SONNTAG-NACHMITTAG

Esmeralda **war nicht begeistert darüber,** dass man ihr sagte, was sie zu tun hatte. **Karl** verlangte von ihr, sein neues Haus **zu putzen.** Sie **aber sagte zu ihm,** dass er sich **in einen Brunnen werfen** und solange unter Wasser bleiben solle, bis **sein Sauerstoffvorrat aufgebraucht** sei. Ihr versteht das Problem, **nicht wahr?** Man könnte sagen, da **„prallen gegensätzliche Persönlichkeiten aufeinander"** … Elisa hat **Esmeraldas Hände** mit einem Spinnenfaden **auf dem Rücken gefesselt** und sie in **Karls** Haus geführt. Dort nahm sie ihr die Fesseln wieder ab, **bedrohte** sie **mit ihrem Schwert** und zwang sie, **auf allen Vieren den Boden** zu schrubben.

Und schon tauchte ein neues Problem auf: Esmeralda gehörte schließlich zum **Team Minus**. Also ging ich zu Karl und sagte zu ihm:

– Ich möchte, dass du **meine Freundin freilässt.**

– **Wen? Die freche Göre?**

– Genau die.

Karl drehte sich zu Elisa um.

– **Was ist das bloß für ein Dorf?** Ernsthaft, **es ist wirklich seltsam.** Eine **5 Blöcke hohe** Festungsmauer, **Hunderte von Häusern** ... Einer hält sich hier sogar für den **Bürgermeister** ... und nun begegne ich auch noch Dorfbewohnern, die mir **widersprechen** oder mir **Befehle erteilen** wollen.

Der Anführer **sah mich an** und **zog mich zu sich.**

– Wenn du so gern bei deiner Freundin bist, **kann ich dir behilflich sein.**

– ...

Genau in diesem Moment **bemerkte ich Alice.** Sie sprang von einem Dach und **landete** zwischen den Bäumen rechts neben mir.

Sie **trat aus dem Schatten heraus.**

– Lass sie frei, sagte sie.

Karl wirbelte herum.

– Wer ist das denn? Egal. Dann haben wir jetzt eben drei Diener. Auch gut.

Er nahm einige Spinnenfäden aus seiner Tasche und ging auf Alice zu.

– Das würde ich an deiner Stelle nicht tun, warnte ich ihn.

Er ignorierte meinen Rat ... und fand sich schnell ausgestreckt mit dem Gesicht nach unten auf dem Boden.

Alice hatte in weniger als einer Sekunde dreimal zugeschlagen. Ohne Waffe! Es muss ihm dennoch sehr weh getan haben.

Karl erhob sich und hielt sich die Wange.

– Dieses Mädchen ... sie ist ein OP!!!

Ohne ihn weiter zu beachten, betrat Alice das Haus, in dem Esmeralda festgehalten wurde.

– Diese Dorfbewohner sind verrückt!, rief Karl aus.

– Da ist vielleicht ein anderer Spieler, vermutete Elisa. Vielleicht ein Hacker?

– **Möglich ...** aber er muss sehr talentiert sein, wenn er sogar **das Aussehen der Dorfbewohner verändern** kann ... Hast du ihre **langen Haare** gesehen und ihre **kleine Nase?!**

Er blickte in den Himmel.

– **Was ist das bloß für eine Welt?!**

– **Das ist Minecraftia,** sagte Max und kam auf uns zu. **Das ist kein Spiel** und **wir sind auch keine ... „NPCs"**

Mastoc tauchte hinter Max auf.

– Wir werden euch mit Respekt behandeln, aber dasselbe erwarten wir von euch. **Ist das klar?**

Karl nickte **zögerlich.** Mastoc holte einen Kuchen aus seinem Inventar.

– **Perfekt.** Wollt ihr ein Stück? Er ist **ganz frisch.**

Das war also **der erste Schritt** *(vor vielen weiteren)*, um zu erreichen, dass die Menschen uns **in Ruhe** ließen.

Nach dieser ganzen Geschichte sind alle **fünf Mitglieder des Teams Minus** in **Snarks Kneipe** gegangen.

Alice erzählte uns, warum sie die ganze Woche nicht da gewesen war.

– **Ich hatte Hausarrest.** Mein Vater wollte auch letzten Samstag **absolut** nicht, dass ich kämpfe. Er sagt, dass ich mein **Leben nicht aufs Spiel setzen** soll ...

– Ich muss mich **bei dir** für Samstag und für heute **bedanken.**

Außerdem … **tut es mir leid,** dass ich in der Vergangenheit **nichts mit dir** zu tun haben wollte. Ich bin **dein Freund,** auch wenn du ein Noob bist. Willkommen im **Team Minus!!**

Sie lachte.

– **Danke.**

– Du hast Karl heute tatsächlich **beeindruckt**, und **das ganz ohne Zaubertränke.**

– …

– Egal. **Lass uns feiern!**

Wir haben **uns den Bauch vollgeschlagen**
und stundenlang **geredet.**
Wir haben Witze über die **tyrannischen** Lehrer,
die **Angriffe** der Monster, die **rüpelhaften** Menschen und die
ständige Bedrohung durch Herobrine gemacht …
als sei das alles nur ein Traum.

MONTAG-
MORGEN

Oh, nein!

Nicht schon wieder dieser Traum!

Was ist denn das nun wieder für eine Maschine?

Hey ... Was macht **dieser Enderman** in meinem Traum?

– *Ich ... helfe ... dir.*

– Was? Wie kannst du mir helfen?

– *Das ist ein sinnloser Traum. Du hast ... Angst.*

– Du kontrollierst meine Träume? Können Endermen das?

– *Aber ja! Warte. Ich schicke ... dir ... einen schönen Traum.*

– Wer bist du?

RETTE MICH!!

Los, Junge!
Hilf mir hier raus!

Du kannst mich nicht immer ignorieren, das weißt du! Hör zu! Hast du Angst vor dem Nether? Die Schweinezombies sind nett. Sie beißen nicht ... solange man sie nicht beißt. Lass uns eine Vereinbarung treffen. Wenn du mir hilfst, sage ich dir, wo sich die Schatzkammer befindet. Es ist ein streng gehütetes Geheimnis, aber ich kenne es. Ich habe sie gesehen. Das wird ihnen eine Lehre sein. Sie hätten mich nicht hier zurücklassen sollen ... Außerdem möchte ich dir ein ganz süßes Kätzchen zeigen. Vertrau mir.

Ich bin aus dem **Alptraum aufgewacht** und aus dem Bett gesprungen. Als ich einen Blick aus dem Fenster warf, **war der**

Himmel leuchtend rot. Böses **Gelächter** dröhnte wie Donnergrollen von oben herab.

Träume ich etwa immer noch?

Meine Mutter war im Wohnzimmer und **blickte** aus dem Fenster.

– **Minus?** Was passiert da?

– Ich weiß es nicht ...

Wir **blickten uns besorgt** an und ich ging nach draußen.

Am Brunnen **traf ich auf Max.**

– Was ist los?

Er zuckte mit den Schultern. Natürlich wusste er ebenso wenig wie ich, was da vor sich ging.

Während sich der Platz nach und nach mit Dorfbewohnern füllte, war das donnernde Gelächter weiterhin nicht zu überhören.

Die Mitglieder der Legion waren ebenfalls gekommen.

Karl war **noch aufgeregter** als wir.

– Oh, Mann ... **das ist wirklich nervig.**

– **Allerdings,** sagte Esmeralda. Man muss sagen, dass ihr **zu keinem guten Zeitpunkt** hierhergekommen seid.

Der Bürgermeister bahnte sich einen Weg durch die Menge und blieb am Fuße des Brunnens stehen.

– **Bewahrt Ruhe** und kehrt nach Hause zurück! **Sucht rasch euren Unterschlupf auf!**

Doch alle blickten gen Himmel. Der **seltsame, schrille Ton** tat in den Ohren weh.

Alle rückten näher zusammen, **Dorfbewohner** und **Menschen,** alle gleich verängstigt.

Mia und **Marie** umarmten einander, ihre Roben waren farbenfroh, doch ihre Gesichter **aschfahl.**

– Du wirst mir fehlen ...

– **Hey!** Sagt so was nicht! **Es wird alles gut!**

Einige Augenblicke später stieß Elisa Karl an.

– **Das ist ganz bestimmt er.**

Der Anführer **zückte** sein Schwert.

– Ja, du hast recht. So ein **Mist!** Er lässt uns nicht **in Ruhe!**

– Von wem sprecht ihr?, fragte Esmeralda.

– **Herobrine.** Von wem sollten wir sonst sprechen?

– **Was?** Er hat euch schon einmal angegriffen?!

– **Na … ja.** Deswegen sind wir ja auch hier.

Esmeralda näherte sich ihm, bis ihre Nasen sich fast berührten.

– Es wäre echt cool gewesen, wenn ihr uns das gesagt hättet, bevor wir euch ins Dorf gelassen haben! **Aber halt …** wo seid ihr vorher gewesen?

– Also … wir haben **ein Schloss** gebaut, antwortete Karl.

– Und was ist passiert, als er auftauchte?

– Er hat es … **äh … pulverisiert.**

Esmeralda fasst ihn am Kragen.

– **Du …**

– **R … reg dich nicht auf!** Hier wird schon nicht dasselbe passieren! Euer Dorf ist ja **viel, viel größer!**

Sie seufzte und stieß ihn weg.

– **Idiot …**

Dann begab sie sich wieder zum restlichen Team Minus. Wir standen nah beieinander und blickten in den Himmel.

Bald darauf konnten wir **die Umrisse einer Gestalt** erkennen, die durch die Wolken sauste. Immer mehr Leute bemerkten sie.

– Schaut!

– Dort oben!

– Das ist ... **ein Mensch!**

Diese Person **landete** in der Nähe des Brunnens. Er sah zwar aus wie ein Mensch, doch irgendwie strahlte er eine **unglaubliche** Macht aus. Selbst die **am besten ausgerüsteten** Mitglieder der Verlorenen Legion *(in Eisenrüstung, mit Zaubertränken und verzauberten Diamantschwertern)* **zitterten** vor Angst.

Ich hatte ihn schon ... in einem Traum gesehen.

Er war der **mächtigste** Magier der Welt, vielleicht sogar **der einzige**.

Der Name dieses Hexenmeisters war ...

– **Herobrine!!!**

– Das ist **Herobrine!!!**

Als Herobrine seine Arme ausbreitete, **versuchten die Dorfbewohner zu fliehen.** Eine blau schimmernde Kette brach aus seinen Fingerspitzen und legte sich in einem Bogen um die Menge.

Ich konnte mich **nicht mehr bewegen.** Auch brachte ich kein Wort mehr heraus. Ich sackte auf die Knie und fühlte mich **sehr schwach.** Allen anderen erging es ganz genauso.

Dann tönte **Herobrines Stimme** über den gesamten Platz:

– Ganz egal, wie viele Monster ich euch schicke, ihr ... weigert euch ... zu ... sterben!!!

Rote Wellen entsprangen seinen Händen und schlugen in die Menge ein. Meine Lebensleiste **wurde alarmierend schnell kleiner.** Herobrine ist also gekommen, um sich **persönlich** um uns zu kümmern. Wahrscheinlich lag es daran, dass Menschen und Dorfbewohner sich **nun verbündet hatten.**

Vielleicht machte ihm das ja Angst ...

Unter größten Anstrengungen drehte ich meinen Kopf Richtung Alice, Brio, Perce, Mastoc, Max und Karl ... Alle befanden sich **in derselben Schockstarre** wie ich. Herobrine **erhob die Hand erneut,** vielleicht, um uns endgültig zu erledigen.

Genau in diesem Moment baute sich

eine andere Person

direkt hinter ihm auf.

WUMS!

Genau wie Herobrine umgab ihn eine Aura der Macht. Doch seine war **anders,** sie hatte etwas **Liebenswürdiges** und **Wohlwollendes.** Ich hatte keinerlei Zweifel. **Es war Notch.**

Herobrine wandte sich um.

– Es ist lange her, alter Mann. Du hast zuviel Zeit auf der Erde verbracht.

Notch kam näher.

– Herobrine, **es wird Zeit,** dass du mit diesen Dummheiten aufhörst!, sagte Notch.

– Ich glaube, das ist nicht **mehr möglich.** *Ich habe die Situation nicht mehr unter Kontrolle.*

– **Es ist also wahr?** Diese Welt ist wirklich …

Notch senkte die Augen und blickte auf seine ausgestreckten Hände.

– Sag mir, **wie hast du es angestellt?**, fragte er.

– Selbst wenn ich es dir erklären würde, würdest du es doch nicht verstehen.

– Warum nicht?

Herobrine blickte ihn lange an.

– Für dich ist der Zug längst abgefahren, sagte Herobrine.

– **Es reicht!** Ich weiß nicht, was du gemacht hast, aber ich werde dem jetzt **ein Ende bereiten!**

Notch zog sein Schwert … **aus Obsidian**. Wir hörten ein **metallisches Kreischen,** als Herobrine sein Schwert ebenfalls zückte. Es war aus **einem mir unbekannten** Metall.

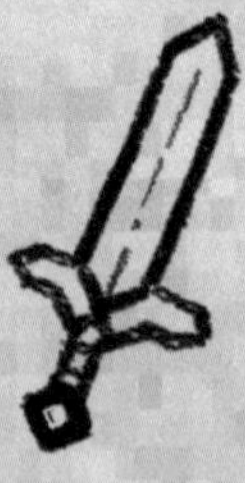

Ein krampfhaftes Grinsen
verzerrte sein Gesicht
und er zischte:

– Da wäre ich mir gar ***nicht so sicher.***

MONTAG
SPÄTER

Lasst mich euch die Szene **im Einzelnen schildern:** zwei Personen stehen sich gegenüber. Auf der einen Seite **Notch, der Magier.** Obwohl ich ihm noch nie begegnet bin, habe ich ihn sofort erkannt. Er sah genauso aus, wie er in den Geschichtsbüchern beschrieben wird. *(Ihr wisst, ich bin ein guter Schüler. Ich arbeite hart und lese viel. Ich nehme Tränke der Sprungkraft II, um schneller in die Bibliothek zu gelangen ... na gut, das stimmt jetzt nicht ganz. So etwas brauchen nämlich nur Noobs.)*

Kurz und gut ...

Notch trug **einen dunklen Umhang** und einen **schwarzen Hut.** Die Klinge seines Schwerts war **noch schwärzer** ... **aus Obsidian!** Er sah unglaublich **stark** aus. Wahrscheinlich kämpft er aus reinen Trainingszwecken gegen **Enderdrachen,** nur um in Übung zu bleiben.

Ich habe **versucht,** ihn zu zeichnen. **Leider aber** ähnelt mein Gekritzel eher ...

Gut, aber erinnert ihr euch noch an den Kuchen in der Form eines Endermans, den Mastoc für seine Oma gebacken hatte? Mein Kunstwerk sieht so ähnlich aus, **aber mit Hut. Jap.** Notch sieht so toll aus, dass ihm keine Zeichnung **gerecht werden könnte.**

Notch gegenüber: **Herobrine.** Er ist **böse, sehr böse.** Wither, Schweinezombies ... sie alle können ihm nicht ansatzweise **das Wasser reichen.** Er sieht so **wütend** aus, dass ich beim bloßen Anblick **seines rötlichen Schwerts** Angst habe, Lebenspunkte zu verlieren. Beide zusammen könnten sich den **monumentalsten Kampf** aller Zeiten liefern. Sollte sie jemand nun also für die **Götter** dieser Welt halten ... dann läge er **gar nicht so falsch.**

Die Menschen und die Dorfbewohner **standen wie angewurzelt da.**

– Warum werde ich das Gefühl nicht los, dass wir Wochen brauchen werden, **um unser Dorf wieder in Ordnung** zu bringen?, flüsterte Esmeralda.

Seltsam.

Ich hatte gerade dasselbe gedacht.

Doch **sie kämpften nicht gegeneinander,** jedenfalls nicht gleich. Am Anfang haben sie **nur** geredet.

– Leg dein Schwert weg, sagte Herobrine. *Wir sind vielleicht gute Kämpfer, aber wir sind schließlich auch Gentlemen.*

– Aus deinem Mund hört sich das ziemlich komisch an, antwortete Notch. Wie viele Dörfer **hast du inzwischen schon zerstört?**

– Nur ein paar ... antwortete Herobrine und blickte auf die umstehenden Häuser. *Ich muss sagen, ich weiß gar nicht, warum die sich hier aufregen. Immerhin stehen hier die Mauern noch.*

Notch brummte und **hob sein Schwert.** Dann ging es los.

Obsidian gegen **glühendes Metall.** Von Herobrines Schwert sprühten

Funken. Tatsächlich **stammten** ihre Waffen aus einer Zeit, als die Monster noch **viel gewaltiger** waren als heutzutage.
Um **derartige Untiere zu besiegen,** braucht man solche Waffen. Ohne sie hätten wir **keine Überlebenschance.** Mit einer solchen Waffe könnte ich einen Zombie so mühelos zerlegen wie einen Spinnenfaden **mit einer Schere. Leider** ist das Wissen um die Herstellung solcher Schwerter schon vor langer Zeit verloren gegangen.

– Herobrines Schwert ist **einzigartig,** sagte Max.
Lava muss eine der Zutaten sein, das ist sicher.

– Könnten wir **auch so eine Waffe herstellen?,** fragte ich.

– Ich glaube nicht. Dazu braucht man **eine spezielle Werkbank.**

Eine **spezielle** **Werkbank?** Davon hatte ich noch **nie etwas gehört,** aber jetzt war auch nicht der richtige Zeitpunkt, um über solche Dinge zu sprechen.
Immer wieder kreuzten sie **ihre Klingen.**
Einmal warf Herobrine **einen grünen Feuerball,**
Notch parierte ihn so, wie man es mit einem Ghast macht.

– Ich muss zugeben, dass du **stärker geworden bist**, sagte Notch.

– Vielleicht bist du auch schwächer geworden.

Ihre Schwerter prallten erneut aufeinander. **Nur wenige Zentimeter** trennten die beiden Gesichter voneinander.

Herobrine lächelte.

– Ja, du hast wirklich zu viel Zeit auf der Erde verbracht.

– Du kannst sagen, was du willst. Bald wird es dir ohnehin **die Sprache verschlagen,** antwortete Notch.

– Nein, wirklich ... du langweilst mich.

Ein rosa Strahl entsprang seiner freien Hand und **schlug in** Notch ein ... der Magier verwandelte sich in ein **schwarzes Kaninchen.**

Plötzlich schien die **Zeit still zu stehen,** zumindest für mich. Ich traute meinen Augen nicht. Einer **der stärksten Magier** aller Zeiten ... **ein legendärer Held ...** einfach so **erledigt.** Wir haben in der Schule gelernt, dass **Notch** der einzige war, der diesen wildgewordenen Verrückten aufhalten konnte, dass nur er **stark genug war.**

Aber Herobrine hatte ihn mühelos in ein kleines wehrloses Tier verwandelt. Das bedeutete, dass ... **der Krieg zu Ende war.**

Mit uns war es zu Ende.

Hinter mir weinte ein Mädchen. Von allen Seiten hörte ich entsetzte **Aufschreie.** Die Menschen sprachen **aufgeregt** miteinander.

– Er hat ... Notch **verwandelt?!**

– War das **ein Admin-Befehl?**

– Jetzt können selbst wir gegen ihn kämpfen.

– **Gegen einen Boss? Ich bin bereit!**

– Ich frage mich, wie viele **Lebenspunkte** er hat ...

– **Ist doch egal!** Stell dir mal die Erfahrungspunkte vor ...

– Und vor allem sein Inventar! Hoffentlich können wir **das Schwert aufsammeln!!!**

So ungefähr hörten sich die Kommentare an. Man könnte meinen, die meisten hatten überhaupt keinen Schimmer von der **Gefahr,** in der sie schwebten. Sie schienen auf das zu warten, was Herobrine ihnen nun zu sagen hatte:

„Nur ein kleiner Scherz! Haha!
Das ist eine ***neue Spielversion!***
In der erweiterten Realität! Nicht schlecht, oder?"

Herobrine **hob das Kaninchen auf** und kraulte es unter dem Kinn. Er lächelte verschmitzt und schien **sehr stolz** zu sein. Als er sich uns zuwandte, wurden wir von **seinen strahlenden Augen geblendet.** Mit **megalauter Stimme** richtete sich Herobrine an uns:

*– Bewohner der Erde, willkommen in ... **Minecraftia.** Ihr sollt wissen, dass nicht ich es war, der euch hierher geführt hat. Das habt ihr allein ihm zu verdanken.*

Er blickte zu seinem **neuen Haustier** hinunter.

– Er hat euch in einem letzten erbärmlichen Versuch, mich aufzuhalten, hier zusammengerufen.

Der Bürgermeister trat aus der Menge vor.

– Darf ich fragen ... **warum Sie gekommen sind?**

*– Ich möchte **eine Abmachung** mit euch treffen. Euch Menschen werde ich zurück nach Hause schicken. Ihr werdet heil und unbeschadet auf die Erde zurückkehren und euch **an fast nichts mehr erinnern,** was ihr hier erlebt habt. Ihr werdet aufwachen und alles ... für einen schlechten Traum halten. Euch Dorfbewohner werde ich verschonen. Ihr könnt euer kleines Leben so fortführen, wie ihr es immer getan habt. Allerdings verlange ich dafür **eine Gegenleistung.***

Karl, **der Anführer der Menschen,** stellte sich neben den Bürgermeister.

– Das kommt überhaupt nicht infrage! Die Legion verhandelt nicht mit Monstern! In unseren Augen sind Sie nicht mehr als ein Haufen Erfahrungspunkte. **Mehr nicht.**

Als er sein Schwert zog, **lachte Herobrine ihn aus.**

– Oh! Ihr glaubt immer noch, das hier sei ein Spiel. ***Wie bedauerlich.*** *Er hat es euch nicht gesagt, oder?*

Karl öffnete erneut den Mund, doch **eine von Brios Wachen** fasste seinen Arm, bevor er antworten konnte.

– **Was ist hier eigentlich los?!**, rief Karl. Die Spieler treffen die Entscheidungen, **nicht die NPCs!**

– **Vergessen Sie diesen Menschen!**, sagte der Bürgermeister. Er ist ein wenig durcheinander, wie Sie sehen. **Wir stimmen einer Zusammenarbeit zu! Was sollen wir für Sie tun?**

Eine Menge verwirrter Menschen und Dorfbewohner blickten ihn **erstaunt** an.

Ich war genauso verstört. **Lange** war es **mucksmäuschenstill.**

Herobrine blickte einem nach dem anderen ins Gesicht. Ein **weißes Banner** mit einem **seltsamen schwarzen Symbol** in der Mitte erschien in seiner Hand. Herobrine warf es auf den Boden.

– Ich verlange ... dass ***ihr euch ergebt.***

Sich ergeben.

Ich brauchte einen Augenblick, um zu **begreifen,** was er gesagt hatte. Alle anderen waren genauso **schockiert** wie ich. Alice kam zu mir, **auch sie hatte Angst.**

Auch wenn Herobrine keine Regung zeigte, so wusste ich doch, dass es ihm Freude bereitete, **uns so leiden** zu sehen.

– Stellt dieses Banner ***an einem gut sichtbaren Platz*** *auf und meine Monster werden euch nichts mehr antun. Einige von ihnen werden unter euch leben. Ihr werdet sie* ***mit allem versorgen,*** *was sie benötigen. Außerdem werdet ihr ihnen helfen, ihre Fertigkeiten in Landwirtschaft und Konstruktion* ***zu verbessern.***

– Und warum sollen wir darauf vertrauen, dass Sie Ihr Wort halten?, fragte der Bürgermeister.

– Ihr könnt ***Urf*** *fragen. Ich werde ihn anweisen, euch zu besuchen. Er ist der* ***General meiner Armee,*** *und ist mit allem ausgestattet: Macht, Silber, Respekt. Auch ihr könnt all das haben ... wenn ihr vor mir niederkniet und mich als euren Herrscher anerkennt. Ihr habt zwei Wochen Zeit, um euch zu entscheiden. Danach wird meine Armee durch eure Tore einmarschieren. Ich gebe euch mein Wort: Wenn das Banner nirgendwo zu sehen ist, wird von eurem Dorf nichts übrigbleiben und* ***von euch auch nichts.***

Je länger er sprach, **desto stiller wurde es.** Dennoch konnte man vereinzelt noch Gemurmel hören.

– **Urf!**

– Dieser **Verräter!**

– Ist er jetzt **ein Boss** geworden oder was?

Herobrine wollte, dass wir **aufgaben,** schlimmer noch, wir sollten in sein Lager **überlaufen!** Ich wollte mir das nicht einmal vorstellen. Menschen und Dorfbewohner … **arbeiteten mit Monstern zusammen?** Karl hatte recht, warum sollten wir **so etwas tun?** Wie konnte der Bürgermeister dazu nur sein Einverständnis geben? Natürlich will er nur **unser Bestes.** Er würde alles tun, um uns zu schützen. Selbst wenn das bedeutete …

Nein!

Das können wir nicht tun!

Ich **schlängelte** mich durch die Menge nach vorn und schrie:

– Wenn Sie unsere Hilfe wollen, bedeutet dies, **dass Sie Angst vor den Dörfern im Osten** haben! Einige sind **viel größer** als unseres! Sie haben gemerkt, dass, wenn Sie uns schon nicht schlagen können, die anderen Ihnen noch mehr Probleme bereiten werden!

Ich weiß wirklich nicht, was mich da geritten hatte. Aber nachdem ich all das gesagt hatte, hatte ich den Eindruck ... **ein anderer zu sein,** irgendwie **stärker** und **mutiger.**

Auf jeden Fall hatte ich Herobrine **auf mich aufmerksam** gemacht. Er sah mich einen Augenblick an und schien **über irgendetwas nachzudenken.**

– *Bemerkenswert ...,* murmelte er. *Sag mir, wer bist du?*

– Ich heiße **Minus Höfner,** antwortete ich. **Und ich fordere Sie auf, sich zu ergeben.**

Jap. Ich habe das wirklich gesagt. Was ging mir bloß durch den Kopf?! **Nichts** wahrscheinlich, abgesehen von **Wut** vielleicht.

– **Sei still! Sei still!,** zischte der Bürgermeister durch seine zusammengebissenen Zähne.

Herobrine **lächelte breit.** Stellt euch einen lachenden Creeper vor, der soeben gehört hat, dass Katzen **für immer ausgestorben** sind ... genauso sah er aus. **Dann lachte er so heftig,** dass er **explodiert** wäre, wäre er tatsächlich ein Creeper gewesen. Mit einem Schlag verstummte sein Lachen und wich einem Ausdruck **großer Verzweiflung,** als seien die Pflastersteine unter seinen Füßen plötzlich zu Schleimen geworden.

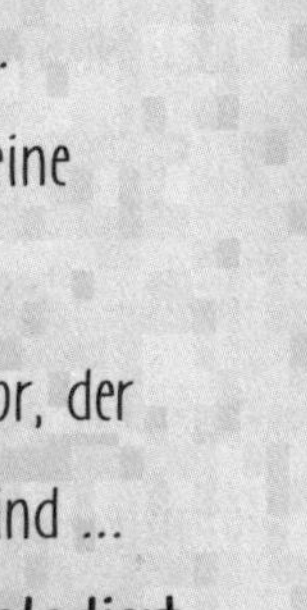

– Ihr werdet euch mir anschließen und mir helfen, diese Welt zu erneuern …

Das Kaninchen befreite sich aus Herobrines Armen. Es sprang auf den Boden und begann **zu zittern** … bis es **in einer Rauchwolke verschwand.** Als diese sich endlich aufgelöst hatte, stand dort ein **sehr, sehr verärgerter** Notch.

– **Hört nicht auf ihn!**, schrie er. Selbst der Nether wird euch wie ein **verzaubertes Pilzreich** erscheinen, verglichen mit einer **Oberwelt,** in der ihr ihn regieren lasst.

Herobrine warf ihm **einen finsteren Blick** zu.

– Wie kannst du es wagen, meinen Zauber zu brechen?

Doch Notch war **nicht mehr in der Stimmung** zu reden. Als ihre Klingen gegeneinander schlugen, vernahmen wir ein schrilles Geräusch. Doch dieses Mal bewegte sich Notch mit der Schnelligkeit einer Lore auf einer Antriebsschiene und der **Kraft eines Eisengolems.** Herobrine konnte kaum mithalten. **Er wich zurück.**

– Egal, was ihr auch versuchen werdet, ihr werdet mich nicht aufhalten! In zwei Wochen wird dieses Dorf in Trümmern liegen, es sei denn, ihr folgt mir. Sodann werden wir gemeinsam nach Osten ziehen!

Nach diesen Worten **flog er durch die Luft davon.**

Notch **wandte** sich zu uns. **Einige Sekunden lang** sagte er nichts. Das ist nicht sehr lang, aber uns erschien es wie **eine Ewigkeit.** Als er zu reden anfing, hatte er einen derartigen Gesichtsausdruck ... dass selbst ein Ghast **glücklicher aussah.**

– **Geht an eure Werkzeuge, ihr armen Irren!**

Jawohl, genau das sagte er. Das bedeutete: **„Befestigt das Dorf!"** und: **„Bereitet euch auf einen neuen Angriff vor!"**

Ohne etwas hinzuzufügen, **flog auch er davon,** um Herobrine zu **verfolgen.** Schnell waren beide in den Wolken verschwunden.

Alle blickten in den Himmel. Die Menschen hatten nicht viel von dem verstanden, was soeben passiert war. Manche von ihnen blickten eher **ratlos.** Mag sein, dass sie in ihrer Welt **geniale Spieler** sind, aber von unserer Welt verstehen sie nichts. Was die Dorfbewohner angeht ... die meisten von ihnen waren noch stumm und starr **vor Angst.** Schließlich gesellte sich Elisa zu Karl und dem Bürgermeister.

– Ja, äh ... **was sollen wir jetzt machen?**

– Was glaubt ihr denn?, erwiderte der Bürgermeister. Wir werden **unsere Werkzeuge suchen,** wie er gesagt hat.

Karl nickte.

– Ich hätte nie gedacht, dass ich eines Tages **einem NPC recht geben würde,** aber ... wir lassen uns nicht herumkommandieren! Wir werden kämpfen **bis zum letzten Noob und Dorfbewohner!!!**

Ein zweiter Mensch mit Namen **Minsur** hob sein Schwert und rief:

– **Yeaaah!!! Die Legion kennt keine Niederlagen!!!**

Steve und Mike sahen sich **traurig** an.

– **Alle zum Rathaus!,** rief der Bürgermeister. Wir können hier nicht wie angewurzelt verharren! Notch ist da oben und kämpft für uns!

Es ist Krieg!

Allmählich **beruhigte sich mein Herzschlag.** So endete ein völlig verrückter Vormittag. Ehrlich gesagt, hätte ich gedacht, dass mehr passieren würde ... auch wenn es schon **voll cool** war zu sehen, wie Notch sich aus seiner Verzauberung befreite. *(Der Blitz von Herobrine ... war* ***nicht so cool.*** *Er hat sehr, sehr weh getan. Wenn geladene Creeper so etwas erleiden müssen, können sie einem* ***schon fast leid tun.)***

MONTAG
TEIL II

Später bin ich **zu der Kundgebung** gegangen. Sie ähnelte allen Versammlungen, die bisher im Dorf abgehalten wurden. Der Bürgermeister **überragte** alle, Brio und seine Bande standen wie Leibwachen um ihn herum. Bevor der Bürgermeister seine Rede begann, unterhielten sich alle Leute über das, **was vorhin passiert war.**

Notch hat dies gemacht.

Dann hat Herobrine das gemacht.

Ihre Zauberkraft war **so** cool!

Werden wir uns wirklich ergeben?

Weiß jemand, wie man so ein **Schwert** wie das von Herobrine **herstellen** kann?

(Die letzte Frage habe ich gestellt. Hihi.

Natürlich wusste niemand, wie es geht.)

Der Bürgermeister sprach:

– Zunächst einmal möchte ich euch sagen: Ich hatte nie vor, dass wir uns ergeben, **absolut nicht.** Ich wollte nur vermeiden, dass irgendjemand verletzt wird.

–Wir werden also ... **kämpfen?,** fragte ein Mädchen aus der Menge. Es war **Sophia,** die zum **Team Girl Power** gehört.

– Herobrine scheint **wirklich sehr** stark zu sein, sagte ihre Freundin Emma. Warum sollten wir **ihn besiegen können?**

– Wir haben doch in letzter Zeit **viel dazugelernt**, antwortete der Bürgermeister. Von den Menschen, den **Trollen** und den **Noobs** ..., von den **immer intelligenter** werdenden Monstern mit ihren neuen Strategien wie **Creeperbomben** und **Zombieleitern**. Nun müssen wir uns einer neuen Bedrohung, der größten von allen, stellen: **Herobrine persönlich**. So wie ich es sehe, ist seine Armee **schlagkräftiger** als alles, was wir bisher kannten.

– Woher wissen Sie das, Herr Bürgermeister?

Das war Pierre. **Wie ein braves Hündchen** stand er in der ersten Reihe.

Sein Freund **Roc** fügte hinzu:

– **Euer Exzellenz**, haben Sie seine Armee denn schon mal gesehen?

– **Nein**, antwortete der Bürgermeister. Aber ... jemand anderes hat sie gesehen.

Er drehte sich zu Brio um und stieg von dem Block, den er für seine Rede bestiegen hatte. Brio nahm seinen Platz ein und **blickte sich in der Menge** um.

– **Bitte komm zu mir auf die Bühne.**

Zuerst dachte ich, er hätte mich angesprochen. Dann aber wurde mir klar, dass er ... mit jemandem **neben mir** sprach. **Alice.** Sie blickte Mastoc, Max, Esmeralda und mich an, dann bahnte sie sich einen Weg durch die Menge. Mastoc und ich sahen uns mit einem Blick an, der ungefähr Folgendes besagte: **„Beim Notch, was soll das denn jetzt bedeuten?!"**

Brio ergriff das Wort:

– Für die, die **mich noch nicht kennen,** ich bin die **rechte Hand** des Bürgermeisters. Ich bin noch nicht lange in diesem Dorf. Früher lebte ich in einem **Dorf im Westen, in der Nähe von Herobrines Schloss.** Und dies hier ... *(er legte einen Arm um die Schultern von Alice)* **ist meine Tochter.**

Wow.
WowoWoWOwow.

Das erklärte **so einiges.** Alle Dorfbewohner trauten ihren Ohren nicht und **beruhigten** sich erst wieder, als Brio weiter sprach:

– Vor **etwas mehr als einem Jahr** wurde unser Dorf **angegriffen.** Viele verloren an diesem Tag ihr Leben. Meine Tochter und ich wurden ... **gefangen genommen.** Die Monster standen damals schon **unter Herobrines Befehl.** Sie brachten uns in sein Schloss, wo sie **uns gefangen hielten.** Herobrine machte ... *(Brio senkte seinen Blick)* **Experimente** mit uns.

Seine Worte hatten **dieselbe Wirkung** auf mein Gehirn wie ein entzündetes Feuerzeug auf TNT: **mein Gehirn EX-PLO-DIER-TE.**

Alice, **das stille Mädchen, das seltsame Mädchen,** das Mädchen, über das in der Schule so viel gesprochen wurde. Hatte Herobrine versucht, **Soldaten** aus ihnen zu machen?! Von **welcher Art Experimenten** sprach er?!

Ich war **dermaßen neugierig ...** doch bevor ich eine Frage stellen konnte, fuhr Brio fort.

– Er hat uns ... Magie **eingeflößt.** So wie man ein Werkzeug oder ein Rüstungsteil **verzaubert,** hat er auch uns **verzaubert.**

Mastoc rechts neben mir verschluckte sich fast.

– **Das erklärt ihre violetten Augen.** Darum trägt Brio eine **Sonnenbrille!** Darum versteckt Alice ihre Augen hinter **ihren Haaren!**

– **Mist ...,** sagte Esmeralda. Was hat er ihnen alles angetan? Er hat sie auf einen **Zaubertisch** gelegt, als wären sie irgendwelche Gegenstände?!

– Ich erinnere mich, mal irgendetwas darüber **in alten Texten** gelesen zu haben, sagte Max.

Alice stand dicht neben ihrem Vater, auch sie **hielt den Blick gesenkt.** Sie muss sich **wie eine Ausgestoßene, wie ein Monster** gefühlt haben. Auf einmal wurden mir so viele Dinge klar: warum sie so schweigsam war ... warum sie **so stark** war.

–Während unserer **Gefangenschaft** haben wir viele Dinge gehört, sagte Brio. Wir haben begriffen, dass er mit diesen **Experimenten** eine Armee schaffen wollte, die stärker als alle anderen sein sollte. Aber Dorfbewohner sind **von Natur aus gut.** Egal, wie viele Versuche er auch machte, **er würde uns niemals beherrschen** können. Nach kurzer Zeit gelang uns die **Flucht.** Unser Dorf lag in Trümmern, also zogen wir nach Osten und **stießen auf Euch ...**

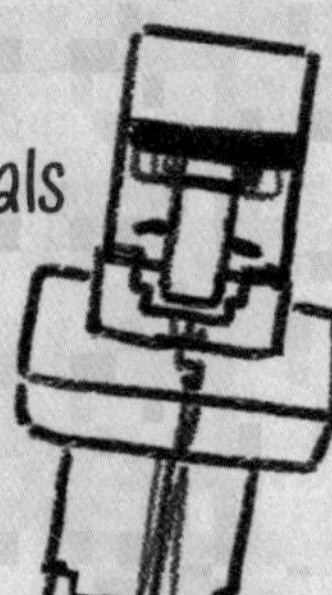

Ich bemerkte **eine Träne** in Alices Augenwinkel ... Sie sah aus wie ein **winzig kleiner Glaswürfel.** Ich weiß nicht, was sie alles erleiden musste, aber es muss **schrecklich gewesen sein.**

– Das also ist es, sagte der Bürgermeister. Wir müssen uns einer durch Verzauberungen **verstärkten** Monsterarmee **entgegenstellen.** Dieses Mal reden wir nicht über eine Gruppe **Helme tragender** Zombies, die einen **Zaubertrank** getrunken haben. Verzeiht mir, dass ich es euch bisher verschwiegen habe. Ich wollte nur nicht, dass **Panik ausbricht.** Doch jetzt, wo ihr wisst, dass es unter uns welche gibt, die **Herobrines Schloss** mit eigenen Augen gesehen haben, solltet ihr euch beruhigen. Sie wissen, mit wem wir es zu tun haben.

Die Dorfbewohner blickten einander an und nickten zustimmend.

Von überall her nur Hurrrs und Hurms und Rhurrrggs.

– Also legt alle eure **Wutrüstung an,** sagte Brio. Jeder von uns muss **seinen Teil dazu beitragen.** Wir müssen alle zusätzliche Pflichten übernehmen. Selbst die Schüler. Keine Wochenendvergnügungen mehr. Keine Unterhaltungen mehr am Brunnen nach Schulschluss. Dieses Dorf muss zu einer **supereffizienten, Monster vernichtenden Maschine** werden und ihr seid die **Redstoneschaltkreise**, die diese Maschine zum Laufen bringen.

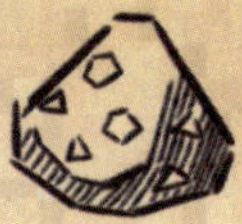

Viele Schüler begannen zu **meckern.**

– Oh, Mist … dieser Krieg, **der nervt voll!**

– **Das ist nicht fair!** Ich wollte heute Nachmittag doch angeln gehen!

– Wenn dieses Dorf **eine Redstonemaschine** ist, werde ich ein **Verstärker** sein, kein Schaltkreis, sagte Esmeralda.

– **Zusätzliche Pflichten?! Das auch noch?!** Ich habe schon genug zu tun!

Das Mädchen, das dies gesagt hatte, blickte zum Himmel und schrie:

– **Herobrine, ich hasse dich!!!**

Ein alter Mann fragte einfach nur:

– **Hey!** Was ist denn **eine Wutrüstung?**

*(Zur Info: Ich trage meine Wutrüstung ja schon **JETZT**. Ich ziehe sie eigentlich **GAR NICHT MEHR** aus.)*

MONTAG
TEIL III

Nach den Ereignissen dieses Morgens verlangte der Bürgermeister von uns, **pausenlos zu arbeiten**. Die ständige Bedrohung durch einen **Monsterangriff** lässt uns nicht mehr viel Zeit, uns zu amüsieren oder ein Eis essen zu gehen, so wie ich es **fast** jeden Montagnachmittag mit meinen Freunden gemacht habe.

Das nervt.

Herobrine, du bringst meinen **ganzen Stundenplan durcheinander! Das ist nicht in Ordnung!**

Schule, Schule, Schule.
Arbeit, Arbeit, Arbeit.

Wird es irgendwann einmal einen Tag geben, an dem es **„spielen, spielen, spielen"** heißt? Man soll immer alles auch positiv sehen, sagt man ... Pierre wird nach all dem viel **zu müde sein,** um mir Ärger zu machen. Da wir gerade über Pierre sprechen .... Ich stand mit Esmeralda, Alice, Mastoc und Max in der Schlange und wir warteten auf **die Aufgaben,** die sie uns geben wollten. Hinter uns stand **Pierres Team.** Ich hörte sie sagen:

– **Für uns ist es kein Problem,** wenn die Endermen angreifen. Wir holen einfach Minus. Der **heult so viel Rotz und Wasser,** dass sich kein Enderman mehr nähern wird.

Einige Jungen **lachten.** Aber wartet, **es kam noch schlimmer!** Der Bürgermeister kam auf Pierre zu.

– Ich möchte, dass du **mehr Plakate** herstellst. Deshalb wirst du von den Kriegsdiensten **befreit.** Komm mit deinen Freunden bei mir vorbei.

– **Super! Danke, euer Exzellenz!**

Wow. Es ist echt von Vorteil, **ein Kriegsheld zu sein.**

Pierre stieß mich im Vorbeigehen in die Seite.

– **Tschüß, kleiner Noob,** kicherte er. Arbeite schön **für mich mit!**

Sap, Roussin und Sara lachten ebenfalls hämisch. Roc zwinkerte mir zu.

– **Viel Spaß beim Kriegsdienst.**

Danach rief der Bürgermeister Esmeralda und Alice zu sich. Er schlug vor, sie sollten **auch** Plakate von sich machen. Immerhin sei auch Alice **eine echte Heldin,** denn sie hatte die ganzen Schandtaten von Herobrine **überlebt.**

– **Und unsere Freunde?,** fragte Esmeralda und zeigte auf den kümmerlichen Rest des Teams Minus.

Alice blickte mich an.

– Können sie nicht **mit uns kommen?**, fragte sie.

– Ich fürchte **nein**, erklärte der Bürgermeister. Das hier ist nur für Mädchen. Ich möchte anderen Mädchen im Dorf zeigen, dass **auch sie** stark und wichtig sein können.

Esmeralda und Alice nickten und verabschiedeten sich von uns.

– **Es tut mir leid, Jungs**, sagte Esmeralda. Ich habe es versucht.

Alice sah **traurig aus**.

– Ich komme **euch sobald wie möglich helfen.**

Ich war wirklich neidisch, vor allem, als ich hörte, welche Tätigkeiten Perce und Brio uns verpassten. Sie klangen **furchtbar** ...

Zum Beispiel die **Zerquetscher**. Sie hatten die Aufgabe, ständig nichts als **Pilzragout** herzustellen. In unserem Dorf wachsen sehr viele Pilze. Sie sind nicht zu sehr viel nütze, außer zur Herstellung eines **Ragouts**. Der Bürgermeister wies uns an, so viel Pilzragout wie möglich zu essen und alles andere für **schlechte Zeiten** aufzubewahren.

Diese Logik ist mir zu hoch.

(Aber ihr wisst ja, Dorfbewohner können mitunter recht merkwürdig sein. Bevor Steve hier erschien, haben wir nicht einmal daran gedacht, eine Mauer um das Dorf zu bauen. Nur eine MAUER. Ist das nicht erbärmlich?)

Dann kamen **die Sortierer**. Sie sollen unsere Vorratstruhen **aufräumen**. Eigentlich keine schlechte Idee, man durfte nur nicht an all die Gegenstände denken, die man dabei anfassen muss: **Spinnenaugen, verrottetes Zombiefleisch, Schleimbälle, Knochen** ... **oh ...** und Schießpulver, auch **„Creepergedärme"** genannt.

Und zu allerletzt noch **die Reparateure,** die mit den Sortierern zusammenarbeiten. Sie sollen das Dorf nach zwei identischen, gebrauchten Gegenständen **durchforsten** und sie kombinieren, um den **Reparaturbonus von 5 %** zu erhalten. Meistens sind es Lederstiefel, die repariert werden müssen, daher ... werden wohl die meisten Jungen mit nackten Stinkefüßen herumlaufen müssen.

Hurrggg.

Es gab viele nette **Kriegsdienste** dieser Art. Als die Reihe an mich kam, **betete** ich daher **inständig** zu Gott Notch:

„Hab Erbarmen und gib mir keine **Pilzragoutaufgabe!"**

Wirkliche Hoffnung hatte ich nicht. Perce **verteilte** die Aufgaben und grinste mich breit an.

– **Hallo Minus.** Zuerst **die gute** oder **die schlechte** Nachricht?

– **Die gute,** bitte.

– Sehr gut. Du wirst **mit Mastoc** zusammenarbeiten.

Wow!

Das war wirklich eine gute Nachricht.

Eine supergute Nachricht.

Die beste Nachricht der Welt!

(Gut, ich sollte es nicht übertreiben. Er hat ja schließlich nicht gesagt: „Du musst alle Kekse probieren, um dich von ihrer Qualität und Frische zu überzeugen.")

Aber gut, ich bin weit davon entfernt, mich zu beklagen. Um die Wahrheit zu sagen, war ich super froh und sagte zu Mastoc: **„Gib mir fünf!"**

(Steve hatte mir erzählt, dass Dorfbewohner im Computerspiel keine Finger besitzen. Wir aber haben welche, auch wenn sie viereckig sind. Steve sagt, sie sehen aus wie Fritten. Ich weiß nicht, ob das gut oder schlecht ist. Am liebsten würde ich ihm sagen, dass seine Finger auch viereckig sind!)

Ängstlich blickte ich Perce an.

– Und … die **schlechte** Nachricht?

*(Kein Ragout! Kein Ragout! Kein Ragout! Bitte! Bitte! **Erbarmen!** …)*

Das **Lächeln** des Kampflehrers wurde **immer breiter.**

– In drei Stunden werden eure Arme wissen, was das Wort **„Schmerz"** bedeutet.

Dann gab er uns **eine Axt aus Stein.**

Wenigstens waren es keine Holzschüsseln.

MONTAG
TEIL IV

Früher habe ich mir immer vorgestellt, dass ich im Krieg gegen die Monster **haufenweise Zombies um die Ecke bringen würde.**

Ich sah **Diamantschwerter** und superstarke Verzauberungen.

Ich sah Tausende mir zujubeln und **meinen Namen rufen.**

Aber **das** habe ich mir nie vorgestellt.

Ich hasse Holz ...
äh ...
die Bäume.

Jap. Wir sind **die Zerhacker.** Das ist ein anderes Wort für **„Holzfäller“.** Wie ihr erkannt habt, brauchten wir **mehr Pfeile.** Um genau zu sein, genug um **fünf Doppeltruhen** mit ihnen zu füllen. Aus diesem Grund schickte Perce uns **in den Park** *(dorthin, wo ich Alice das erste Mal getroffen habe).*

Ab heute werden wir **jeden Morgen** zur Schule gehen, nach dem Unterricht aber nicht nach Hause zurückkehren, sondern **Bäume fällen.** **Schrecklich viele Bäume!**

– Warum sind die Bäume nur **SO groß?**, fragte ich mich.

Diese Arbeit ist **schwierig,** weil es immer einen Block gibt, der **so hoch** ist, dass man nicht an ihn herankommt. Also muss man einen Holzblock auf den Boden stellen und **darauf springen.** Wenn dieser blöde letzte Block schließlich abgebaut ist, muss man den Block auf dem Boden **erneut aufsammeln.** Da wäre ich doch fast lieber **ein Enderman.** Mastoc war gerade mit seinem Holzblock fertig und **wischte sich den Schweiß von der Stirn.**

– Es könnte schlimmer sein.

– **Ach ja? Und wie?**

– Stell dir vor, wir wären auf der Erde! Mike hat gesagt, dass die Bäume dort **fallen,** wenn sie gefällt werden.

– Echt?

– Das hat er gesagt. Wenn es dann soweit ist, müssen die Holzfäller mit lauter Stimme rufen: **„Baum fällt!"**

– Warum das denn?

– **Keine Ahnung.** Ich bin jedenfalls froh, dass wir in dieser Welt leben. Hier können uns die Bäume wenigstens nicht **erschlagen.**

– Ja, das ist wahr.

Die Erde scheint ein **sehr seltsamer** Ort zu sein. Manche Dorfbewohner behaupten, sie existiere gar nicht, sei nur eine **Legende.** Wenn ich dann von solchen Dingen höre, wie von Bäumen, die auf den Boden fallen, **könnte ich ihnen fast glauben.** Ich meine ... **umstürzende** Bäume? Pff. Wer glaubt denn sowas? **Das ist schlicht unmöglich.**

Ich zerhackte einen weiteren Block und stieß einen **lauten** Seufzer aus.

– Es ist ... echt **ruhig** hier.

– Ja ... antwortete Mastoc. Fast so, als wären wir ... weit **draußen.**

Draußen. Er meinte **jenseits** der Festungsmauern. Doch auch wenn wir hier **in der Wildnis** waren, waren wir immer noch mitten im Dorf. Wie ich schon erklärt habe, können wir im Park **gefahrlos** Holz sammeln.

Ich hob einen Eichensetzling auf, der nicht weit von einem Laubblock gefallen war. Ich **pflanzte** ihn ins Gras.

– So ist es also ... **wenn man ein Krieger ist. Ein echter,** wie Steve. Allein in der Natur. Niemand **im Umkreis von hunderten, ja tausenden von Blöcken.** Man ist völlig auf **sich selbst gestellt.**

– Ich habe einmal geträumt, **ich wäre ganz allein draußen,** sagte Mastoc. Ich hatte eine Holzhütte im Wald. Als ich die Umgebung **erkundete,** habe ich mich **verlaufen.** Die Sonne ging unter, und ich konnte den Weg nach Hause nicht finden. Ich bekam **Panik** und begann, planlos herumzulaufen. Der Wald wurde immer **dunkler,** und ich konnte meine Hütte nicht mehr finden. Nirgendwo konnte ich den Schein einer Fackel sehen. Ich wusste nicht, ob ich mich der Hütte näherte oder mich von ihr entfernte ...

Nach dieser Geschichte war uns der Wald **unheimlich.** Wir blieben **eng beieinander** und beobachteten die Umgebung argwöhnisch.

– Das war wohl mehr **ein Alptraum,** sagte ich. Aber eines Tages, wenn **wir Krieger sind,** wird der Bürgermeister uns ganz sicher ... **rausschicken.**

– **Als Späher?,** fragte mein Freund und verzog das Gesicht.

– Kann gut sein ... Ich habe die Ältesten davon reden gehört.

– Sie haben bestimmt recht ... Schließlich müssen wir wissen, was draußen vor sich geht.

– Genau.

Wir unterhielten uns noch eine Weile weiter. Wir sprachen über **die guten alten Zeiten,** über damals, als ich mit diesem Tagebuch begonnen hatte, als ich noch glaubte, Herobrine **sei nur ein Mythos,** als die Monster noch nicht so **intelligent** waren. Wir sprachen über die Zeit, als Mastoc und ich noch hierhergekommen waren, um **über alles und nichts** zu sprechen. Obwohl unser Gespräch heute mit sehr anstrengender Arbeit einherging, **war es wirklich schön.**

Mindestens **eine Stunde** lang haben wir **den Krieg,** die Monster, die beiden Magier und die Gefahr, dass unser Dorf eines Tages **vollkommen zerstört** sein könnte, völlig vergessen. Einen Augenblick waren wir wieder die **unschuldigen** Jungs von damals. Es half nichts, wir mussten zurück in die Wirklichkeit. **Wir konnten ihr nicht entkommen.** In letzter Zeit war es kaum noch möglich, **einen Tee** zu bestellen, ohne mindestens **fünfzig Mal** den Namen Herobrine zu hören.
Er **verleibte sich die Welt ein** … mit einer riesigen Monsterarmee … und keiner **hinderte ihn daran. Oh!** Bis auf Notch natürlich – und eine Handvoll Dorfbewohner im Westen, **ja,** und unser Dorf … mit **wütenden Noobs** wie mich und einer **Truppe ahnungsloser Menschen.**

– Ich frage mich, ob Kriege **immer so waren,** sagte ich.

– Früher war die Welt **viel bevölkerter,** antwortete Mastoc kopfschüttelnd.

– Da hast du bestimmt recht …

Ich dachte an das, was **Herr Rotkopf** uns vor einigen Tagen im Geschichtsunterricht gesagt hatte …

Vor langer Zeit gab es viele verschiedene Wesen. Sie waren **halb Wolf** … oder **halb Schwein …** Es gab sogar **Wesen, die den Menschen von der Erde ähnlich waren.** Es gab **Könige** und **Prinzessinnen** und **mutige Ritter,** die die blutrünstigsten Monster töteten … es gab Händler, Gelehrte, Magier, Diebe und noch viel, viel mehr.

Heute

gibt es so gut wie nichts mehr.

Wenn ihr euch **meine Welt** anseht, seht ihr vor allem nur unberührte Natur … **Unendliche Weiten** aus Grasblöcken, Erde, Stein, Sand und Wasser.

Meine ganze Welt, ihre Hügel, ihre Berge, ihre Wüsten, ihre Täler, ihre Flüsse, ihre Seen, ihre Wälder, ihre Sümpfe, ihre Ebenen, ihre Schluchten … alles besteht **aus diesen total blöden Blöcken.**

Es sind nicht mehr viele Bewohner **geblieben. Hier und da** könnt ihr ein Dorf sehen. Mehr nicht. Man kann sich nur noch schwer vorstellen, dass die großen, verlassenen Weiten einmal bewohnt waren. Es gab dort Dörfer, Kleinstädte, Großstädte, Schlösser ... **Königreiche.**
Wohin sind all diese Wesen verschwunden?. Die Antwort ist ganz einfach. Sie sind vor langer, langer Zeit **in einer großen Rauchwolke** aufgegangen. Es gab einen großen, **von Herobrine angezettelten Krieg.** In diesem ersten Krieg haben sich alle Völker gegen die Monster verbündet und **Herobrine besiegt.** Aber er ist damals **nicht gestorben.** Er hat sich irgendwo unter die Erde zurückgezogen und in den folgenden Jahren Rachepläne geschmiedet. Viel später hat er **einen zweiten Krieg** angefangen, der noch schlimmer war als der erste. Auch diesen hat er **verloren** ... aber alle Königreiche und alle Schlösser **wurden zerstört.**
Viele verloren ihr Leben, **ganze Völker** wurden so gut wie **ausgelöscht.** Ihr erinnert euch doch sicher noch an den **Halbwolf,** von dem ich euch erzählt habe und der uns einmal besucht hat? Er war der einzige, den ich jemals gesehen habe und wahrscheinlich ist er **der letzte, der noch existiert.** Er ist schon seit Monaten nicht mehr gesehen worden. Vielleicht haben die **Monster ihn getötet.** Ich sprach noch eine Weile mit Mastoc darüber, aber dann wurde es uns zu **langweilig** und wir wechselten zu einem interessanteren Thema: **der Zauberei.**

– Es wäre **echt toll,** wenn man zaubern könnte, sagte ich.

– Oder **Feuerbälle werfen** wie eine Lohe, stimmte Mastoc mir zu.

– Sich **teleportieren** wie ein Enderman.

– Oder eine Katze **spawnen,** wenn sich ein Creeper nähert …

– **Wow!** Sowas können Magier?

– Bestimmt, antwortete Mastoc und zuckte mit den Schultern. Wenn sie Menschen in diese Welt **holen** können, können sie sicher auch **Katzen spawnen.**

– Hurmmm. So habe ich das noch gar nicht gesehen.

– Ich frage mich, ob ein Magier auch **Essen herzaubern** kann.

– Naja, wenn sie in der Lage sind, Katzen zu spawnen, können sie das bestimmt auch mit Kuchen machen. Das würde ich gern können … **Mein Leben wäre so viel einfacher.**

Das **brachte mich auf eine Idee.** Die ganze Zeit über wollte ich immer **nur Krieger werden …** warum eigentlich nicht **Magier?** Klingt ein wenig **verrückt,** oder? Ich verbannte diese **lächerliche Idee** aus meinem Kopf. Es gab noch nie Magier in einem Dorf. Ich habe **Geschichten** von Dorfbewohnern gehört, die **bösartige Hexenmeister** waren, aber … sie haben nur **blöde Tränke** und keine Zauberei verwendet.

Mastoc sah mich verwundert an.

– **Hey!**, sagte er. Du bist plötzlich **so still**. Woran denkst du?

Ich lächelte und schüttelte den Kopf.

Ich schlug noch einen Holzblock ab.

– An nichts. **Rein gar nichts.**

MONTAG
TEIL V

Nach **einer guten Stunde** harter Arbeit waren unsere Inventare fast voll. Ich kam mir vor wie ein **professioneller Holzfäller.** Tack, **tack**, von einer Seite des Stamms zur anderen ... **alles im Griff!** Pierre hat allen Grund zu **beten,** dass das Dorf niemals einen Holzfällerwettbewerb veranstaltet.

Weil ich ihn gewinnen würde!
Ich wäre der Erste, der sich dazu anmeldet!

Dennoch, nach der ganzen Anstrengung war unsere **Hungerleiste** fast leer. Also machten wir eine **Pause.** Wie gewohnt hatte Mastoc einen Kuchen mitgebracht. Steve hat mal gesagt, dass wir in unserer Welt genauso essen wie **im Computerspiel:** Überall fliegen Krümel herum. Aber ich **passe** ja auch nie auf. Warum auch? Ein Krieger muss **auf die Schnelle** essen. Wenn ich gerade im Kampf bin und meine Hungerleiste auffüllen muss, kann ich ja schlecht nach **einer Auszeit fragen,** oder?!
„**Ähm,** entschuldigen Sie bitte, meine Herren Zombies. Können wir vielleicht eine kurze Pause einlegen? Meine **Hungerleiste**, wissen Sie ...

Erlauben Sie mir, einen Tisch aufzustellen und ihn zu decken.
Bitte nehmen Sie Platz. Wir servieren eine Vorspeise, gefolgt von einem stärkenden Hauptgericht und zum Abschluss ein leckeres Dessert."

So.

Nein, ich muss mein Essen so schnell wie möglich herunterschlingen, damit meine Gesundheit sich während des Kampfes **regeneriert.** Ein Schwert in der einen Hand, einen Keks in der anderen ... das ist das Bild des **wahren Kriegers!** Als ich also heute einen Großteil des Kuchens im Ganzen verschlang, habe ich nicht etwa gegessen wie ein Schwein, nein, ich habe nur **trainiert.** Jawohl, reines Training. **Sonst nichts.**

– **Oh!** Fast hätte ich es vergessen, sagte ich. Ich habe dir die **gleiche Robe** gekauft wie meine. Sie ist schon länger in meinem Inventar.

Ich gab ihm die Robe, die **Spezialstiefel und die Maske.** Er zog sie sofort an und blickte an sich herunter.

– **HurrMmm**. Das ist **super**cool, aber findest du nicht ... dass wir uns jetzt zu sehr ähneln?

Er hatte recht. Unsere Roben waren beide **gleich dunkelgrau.**

– Esmeralda hat doch etwas von Färben gesagt.

– **Oh!** Da haben wir ja jetzt richtig Glück.

Mastoc blickte sich im Wald um. Ja, wir hatten wirklich Glück. Im Park gab es ebenso viele Blumen wie Bäume.

– Ich möchte eine **schwarze** Robe, sagte Mastoc. Ich möchte **aussehen wie Notch.** Von Kopf bis Fuß schwarz mit einem Schwert **aus Obsidian!** Und einem **großen Hut!**

– Dazu brauchen wir **Tinte** und keine Blumen. Wir könnten einen Tintenfisch im Teich angeln gehen. **Hey! Warte!** Vielleicht sollten wir nochmal kurz überlegen.

– Warum?

– Naja, ich war vor ein paar Tagen bei Esmeralda ...

Ich erzählte ihm, was Esmeralda mir über **Beliebtheit** gesagt hatte ... und weshalb wir bei den meisten Leuten nicht **auf der Freundesliste** standen.

– **Später** fragen wir die anderen Schüler nach ihrer Lieblingsfarbe und färben dann unsere Roben in den **beiden beliebtesten Farben.** Dann werden wir richtig cool, **was meinst du?**

Mastoc schien nicht überzeugt.

– Ich weiß nicht ... Und wenn sie **„kackbraun"** sagen oder irgendetwas in der Art?

– Das **Risiko müssen wir eingehen.** Unser Team braucht mehr Rekruten!

– Einverstanden... **Dann machen wir es so.**

MONTAG
TEIL VI

Erinnert ihr euch an den Tag, an dem Frez mir **haufenweise Fragen** gestellt hatte? Heute war es ein bisschen ähnlich. Wir gingen auf einige Kinder zu und fragten sie: **„Hast du eine Lieblingsfarbe?"** oder **„Welche Farbe magst du am liebsten?"** oder auch „Wenn du **mit einer Farbe** auf eine einsame Insel verbannt würdest, welche Farbe sollte das sein?"

Ihr könnt euch **ganz bestimmt** vorstellen, dass wir uns so einige spöttische Blicke eingefangen haben. Doch sobald wir mit unseren bunten Anzügen in der Schule auftauchen würden, hatte sich der **ganze Aufwand gelohnt.** Die Umfrage ergab diese Ergebnisse:

- **Grau: 2**
- **Obsidian: 3**
- **Blau: 29**
- **Rot: 23**
- **Orange: 4**
- **Violett: 3**
- **Schwarz: 20**
- **Grün: 17**
- **Gelb: 1**
- **Rosa: 1**
- **Weiß: 2**
- **Grün-gelb-braun: 1**

Wir haben **mehrere Farben** jeweils in eine Kategorie zusammengefasst. Wenn beispielsweise jemand sagte, **„Lapislazuli"** sei seine Lieblingsfarbe, haben wir dies **als Blau** gezählt.
Schließlich stand fest: **Blau ist der Sieger,** gefolgt von **Rot.**
Also haben wir uns im Park mit dem Ergebnis beschäftigt. Es hat keine **5 Minuten** gedauert, bis wir genug blaue Orchideen und Mohnblumen gesammelt hatten. Wir brauchten auch keine Werkbank *(wir hatten dort ja Kleinholz im Überfluss).*

Also ...
was sagt ihr?

Pass auf, Herobrine!
Das wird das Letzte sein,
was du sehen wirst.

Alice war **die Erste**, der ich mich zeigte. Wir trafen uns zufällig. Ich verließ gerade den Park und sie war auf dem Weg nach Hause.

– **Ich mag** diese Farbe sehr, sagte sie. Sie wirkt ... **beruhigend.**

Natürlich habe ich sie gefragt, wie es ihr als **Gefangene** in Herobrines Schloss so ergangen sei. Sie hat mir von ihren **Erfahrungen** berichtet, mich aber gebeten, nichts davon in meinem Tagebuch zu erwähnen. Das hätte ich eh nicht getan, auch wenn sie mich nicht darum gebeten hätte. Ihr würdet sicher **in Tränen ausbrechen**, wenn ihr wüsstet, was die Monster ihr angetan haben. **Ich hätte das wahrscheinlich nicht ausgehalten.** Allein die Vorstellung, über mehrere Wochen Grasragout essen zu müssen ... Wie konnten die Monster nur so grausam sein?!

Upps.

Äh ... vergesst, dass ich dies geschrieben habe.

(Alice wäre wirklich wütend ...

Da habe ich lieber Herobrine zum Feind als sie.)

Ich **habe ihr versichert**, dass wir Freunde bleiben und sie immer **zum Team Minus** gehören wird. Dann habe ich sie gebeten, mir zu verraten, wie Herobrine es angestellt hat, sie **so stark** zu machen.

Das wollte sie aber nicht.

Sie behauptete, sie wisse es nicht.

Pff. Ich werde in einen Verzauberungsladen gehen und mich auf einen Zaubertisch legen, um es herauszufinden.

Wünscht mir Glück!

MONTAG
TEIL VII

Also, ich habe auf einem Zaubertisch **ein Nickerchen** gemacht und etwas **sehr Wichtiges** gelernt.

...

...

Zaubertische sind **sehr, sehr unbequem.**

Sonst ist nichts passiert. Also, so komme ich nicht weiter! Dabei will ich doch nur so stark sein, dass ich einen Zombie um mindestens **30 Blöcke zurückschleudern** kann.

Ist das denn zuviel verlangt?

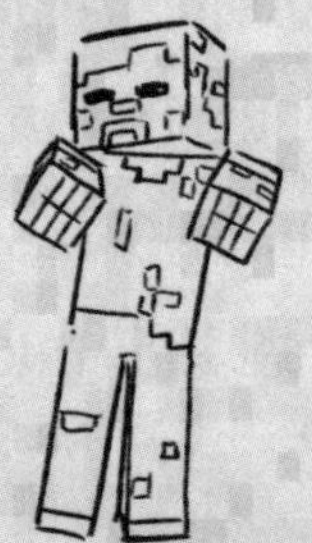

HurrMmmf!

Nach Erledigung **meiner Sonderaufgaben** bin ich zu Max in die Bibliothek gegangen. Er hat die Aufgabe, **alle Bücher zu sortieren.**

Wenigstens hat er es gut getroffen.

– Du sagtest, du hättest schon einmal etwas **über verzauberte Lebewesen** gelesen?

Er **klappte** sein Buch zu.

– Ja, aber das geht nur in **einer Runenkammer.**

–Was ist denn das?

– Das ist wie ein Zaubertisch **für Tiere.**

Wenn man zum Beispiel einen Wolf hat, kann man ihn in diese Kammer stecken und ihm so **Superkräfte** verleihen.

– Welcher Art?

– **Naja …** du kannst ihm einen **Schutzeffekt** vor Bissen geben oder einen **Feuereffekt** oder einfach seine Verteidigung verbessern. Ich glaube, das funktioniert bei allen Tieren, **selbst bei den ganz kleinen.**

– **Herobrine** hat also … einen Weg gefunden, diese Kammer zu benutzen, um Leute zu verzaubern?

– **Kann sein.** Das muss ich noch genauer recherchieren.

– Na los! **Halt mich auf dem Laufenden!**

Fassen wir mal zusammen, was heute passiert ist:

1. **Notch und Herobrine** sind in unserem Dorf **erschienen.**
2. Herobrine hat **Notch in ein Kaninchen verwandelt** und uns aufgefordert zu kapitulieren.
3. Notch hat sich von der Verzauberung befreit und war **mega-genervt.** Herobrine ist geflohen, und **Notch ist ihm gefolgt.**

4. Bei einer Versammlung haben wir erfahren, dass Brio **der Vater von Alice** ist. Herobrine hat sie Experimenten unterzogen, um sie zu **Super-Soldaten** zu machen.

5. Das Dorf bereitet sich entschlossen auf einen **ultimativen Krieg** vor. Jeder muss seinen Dienst tun, selbst die Kinder. **Das ist doof.**

6. Ich habe mit Mastoc nach der Schule Holzblöcke gesammelt. Wir haben uns gut unterhalten und ich habe ihm die **supercoole Kleidung** gegeben, die wir dann selbst gefärbt haben. **Er ist wirklich mein allerbester Freund.**

Habt ihr alles verstanden? Ich bin selbst ein wenig **verwirrt**, deshalb habe ich auch alle Ereignisse noch einmal zusammengefasst. Aber eigentlich müsst ihr nur wissen, dass **Herobrine ein richtiger Brutalo ist.** Nehmt Pierre, multipliziert sein Benehmen mit 10 und gebt ihm voll bescheuerte magische Superkräfte, dann erhaltet ihr Herobrine, den **Oberbösen.**

Wenn ich nur daran denke, dass ich ihm **widersprochen** habe! Er wird versuchen, mich zu finden! Vielleicht sollte ich **meinen Namen ändern** ...

Ich weiß, ich weiß. Es passieren **wirklich** **furchtbare** **Dinge** in meinem Dorf. Ich sollte euch das alles nicht erzählen. Wenn ihr bisher noch nicht **geweint** habt, so steht ihr jetzt bestimmt kurz davor.

Oh! Diese armen Dorfbewohner, werdet ihr euch zwischen zwei Schluchzern sagen. **Können sie sich denn nicht einmal einen Tag lang ausruhen?!**

Wenn ihr **zufällig** ein Ghast seid, kommt unbedingt zu mir!

Eure Tränen bringen vielleicht **Glück!**

Zusammen

könnten wir die Dinge zum Besseren wenden!

DIENSTAG
SCHULE

Also gut, **unsere Idee** hat wirklich Früchte getragen. Vielleicht ist es ja nur Einbildung, aber die anderen Kinder waren heute schon **viel netter** zu mir. Jedenfalls haben sie mich weniger böse angesehen.

Coole Klamotten zu haben ist ein guter Anfang.
Ich muss es unbedingt Esmeralda
erzählen, wenn ich sie das nächste Mal sehe.

Vor Beginn des Unterrichts hat Brio von den **beiden Prüfungen** gesprochen, die bald anstehen. Die **Bergbauprüfung** wird aus welchen Gründen auch immer wahrscheinlich auf nächste Woche verschoben. Dann erklärte er den Ablauf der **Architekturprüfung.** Jede Gruppe muss eine neue Idee zum Schutz des Dorfes entwickeln. Gruben voller **Kakteen. Lava**gräben. Fallen mit Kolben, die **Brei** aus den Monstern machen. Sehr gut, uns werden schon **noch bessere Dinge** einfallen! Ich werde in meiner Freizeit darüber nachdenken. **Ah! Stopp!** Ich habe keine Freizeit mehr! Es gibt **viel zu viele Bäume** zu fällen.
Ich habe eine Eisenaxt hergestellt und frage mich, ob ich sie nicht **ein bisschen** verzaubern soll. Ich nehme meine Aufgaben sehr ernst.

Ich nehme sie sogar **so ernst,** dass ich vielleicht sogar zwei Äxte in mein Inventar legen werde: einmal die Eisenaxt, die ich normalerweise verwende, und zum anderen eine **Axt aus Gold ...** wenn ich mal **sehr, sehr schnell** hacken muss. Habe ich euch schon gesagt, dass es keinen besseren **Holzhacker** gibt als mich? Ich brauche etwa **0,0001 Sekunden pro Block.** So werde ich nach dem Unterricht unendlich viele Bäume fällen. Wir werden uns verhalten wie professionelle Holzfäller, die in der ganzen **Oberwelt, im Nether, im Ende** und sogar **im Nichts** berühmt sind.

Nach dem Unterricht
bleibt nicht eine Sekunde für etwas Spaß.

DIENSTAG
NACH DER SCHULE

Mastoc hat versucht, die Eiche mit seinem Steinschwert zu fällen. Es hat natürlich nicht funktioniert.

– Oberhäuptling Minus!, schrie er. Der Eichengolem ist ein bisschen zu kräftig!

– Also müssen wir ihn umreißen!, schrie ich zurück.

– Einverstanden, Chef!

Wir standen buchstäblich nebeneinander und hätten wirklich nicht so zu schreien brauchen. Wir taten es nur, um **ein wenig** anzugeben. Wir wollten wie **kühne Ritter** sein, auch wenn unsere Gegner **nur Bäume** waren …

Mastoc umkreiste den **„Eichengolem".**

– Nimm das, du **niederträchtiges** Astmonster.

Gleichzeitig versetzte ich dem Golem von vorn einen Schwerthieb.

– Ihr hattet recht, **Kommandant Mastoc!** Die Rinde dieses Golems ist wahrscheinlich **eine Rüstung aus verzaubertem Grundgestein!**

– Wir sollten es vielleicht mit **Magie** versuchen.

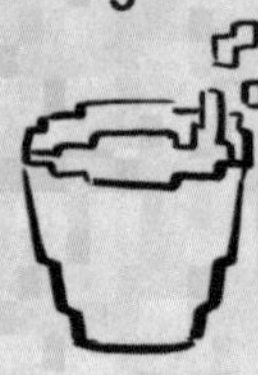

Mastoc nahm einen Eimer Wasser aus seinem Inventar.

– **Eis II!**

Er schleuderte das Wasser aus dem Eimer neben die Eiche … äh … den Golem.

– **Gut gemacht!**, sagte ich. Jetzt sind die Füße festgefroren. **Er kann sich nicht mehr bewegen.**

– Haben Eichengolems überhaupt Füße?

– Ist doch egal! **Angriff**, Kommandant Mastoc! **Angriff!**

– Sofort, Chef!

Von beiden Seiten schlugen wir mit unseren Schwertern auf den Baum ein.

– **Hurrggg!!!** Niemals wirst du unser Dorf erobern!

– Wir sind Magier und Krieger, **du blättriger Holzklotz!!!**

– Von dir wird nichts übrig bleiben ... nur **Bretter!**

Natürlich haben wir nicht wirklich gegen ein Baumgolem gekämpft. Wir haben nur ein bisschen Spaß gemacht. Als wir das **legendäre** Blättermonster fast erledigt hatten ... hörten wir ein Kichern ... von einem Mädchen.

Es war Esmeralda.

– Was **treibt ihr** denn da?

Wir erstarrten mitten in einem Hieb. Ganz langsam drehten wir uns zu ihr um. Ich ließ mein Schwert sinken. Mastoc begann zu stottern:

– **Also ...** wir waren gerade dabei ... **äh ...** zu testen, wie schnell man mit Steinschwertern **Holz schlagen kann.**

– **Ach ja?** Und warum ist überall Wasser?

Oh! Tatsächlich. Wir standen bis zu den Knöcheln im Wasser, das Mastoc gegen den Baum geworfen hatte. Mastoc hatte das Böse besiegt, aber der Schaden war da. **Unsere Stiefel waren durchnässt.**

Esmeralda verdrehte die Augen zum Himmel.

– Ihr seid solche **Noobs!**

Ich beschloss, das Thema zu wechseln.

– Äh ... was machst du denn hier, **he?**

Sie blickte mich an, als hätte ich sie gefragt, ob **der Enderdrache** fliegen könne.

– Perce hat mich geschickt, um nach euch zu sehen. **Hallo?!** Die Sonne geht **in einer Stunde** unter.

Sie hatte recht. Der blaue Himmel färbte sich über den Bäumen schon rot. Es würde bald dunkel werden. Aber hier wären wir auch in der Nacht **sicher.** Im ganzen Park gab es Fackeln. Die Monster würden hier nicht aufkreuzen. Doch wir stehen alle wegen Herobrine noch unter Schock ... **Manchmal gruseln** wir uns sogar in unseren eigenen Zimmern, also brauche ich euch gar nicht zu erzählen, wie es wäre, wenn wir nachts hier bleiben würden.

Wir gingen zurück. Ich hatte Alice den ganzen Tag über nicht gesehen, also fragte ich Esmeralda nach ihr.

– Es geht, antwortete sie. Ich habe versucht, sie ein wenig **aufzuheitern.**

Ich drehte mich zu ihr um und sagte so etwas Nichtssagendes wie: „Das ist gut."

In diesem Augenblick **fiel** es mir auf:
Dort drüben war ein **Loch im Boden.**

– Wohin **starrst du da?,** fragte Esmeralda. Dann sah sie es auch. **Ääh ...** habt ihr auch versucht, **Löcher** mit euren Schwertern **zu graben?!**

Wir schüttelten den Kopf. Es war eine **schreckliche** Entdeckung, mehr kann ich wirklich nicht dazu sagen. Mitten im Park war ein Loch **gegraben** worden. Das hohe Gras, das es umgab, verbarg **es fast vollständig.**

Als ich Esmeralda ansah, sind meine Augen nur **zufällig** darauf gestoßen.

Es wurde uns schnell klar,
dass es nicht einfach nur ein Loch war.

An einer Seite führte **eine Leiter** mehrere Blöcke in die Tiefe.

Es war ein … **Tunnel.**

Wo ist das **Problem?** Das ist wohl nur irgendein Unterschlupf von jemandem mit blauer Haut, acht Beinen und **supergiftigen Zähnen.**

– **Ich glaub es ja nicht,** sagte Mastoc. Die Monster haben sich **in aller Ruhe** unter unser Dorf gegraben?

Ich blickte meinen Freunden direkt ins Gesicht.

– Kann sein, **oder Urf steckt dahinter** oder irgendein anderer **Verräter,** dessen Namen wir noch nicht kennen.

– Wir müssen mit dem Bürgermeister sprechen, sagte Esmeralda.

Ich näherte mich **vorsichtig** dem Loch und spähte hinein.

– Vielleicht sollten wir dieses **Geheimnis** allein lüften? Wenn es wirklich **einen Spion** im Dorf gibt, sitzt er wahrscheinlich schon in der Umgebung des Bürgermeisters. Wenn wir es also dem Bürgermeister erzählen ... könnte der Spion **vielleicht** zurückkehren und den **Tunnel wieder zuschütten.**

– **Einverstanden,** sagte Mastoc. Außerdem wollen wir nicht, dass jemand den Ruhm für etwas erntet, was wir entdeckt haben.

– Vielleicht gehen wir auch zu weit, überlegte Esmeralda. Vielleicht hat Steve den Tunnel ja **gebaut.**

– Finden wir es heraus!, sagte ich.

– **„Wir"?**

Als Esmeralda das sagte, warf Mastoc mir einen **mitleidigen Blick** zu. Also gut, ich hatte verstanden. Mir fehlte **die Kraft zu widersprechen.**

Ich nahm **eine Fackel** und stieg **die Leiter** fünf Blöcke bis zum Boden hinab. **Der Boden war aus Stein.** Wie erwartet, war ich nicht in einer Besenkammer oder was weiß ich wo gelandet.

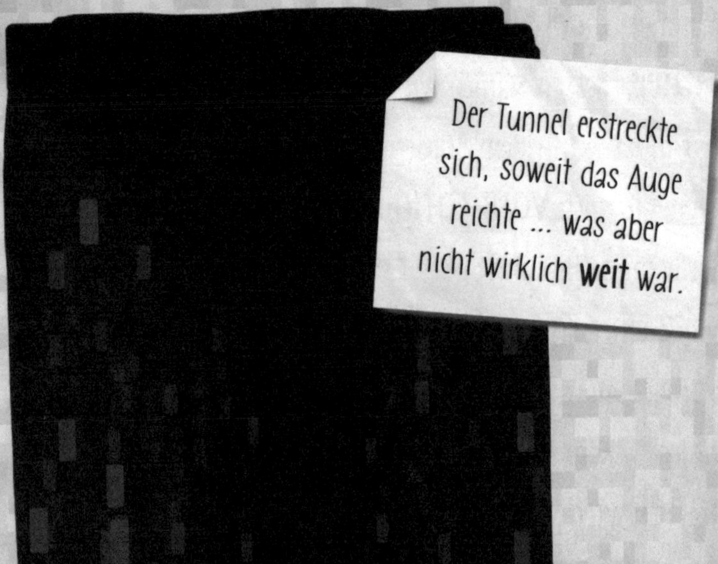

Ein kleiner Teil von mir wollte durchaus weitergehen, um herauszufinden, wohin der Tunnel führte *(Der Rest von mir zitterte und schwitzte wie nie zuvor.)* **Ich stieg schnell wieder hoch** und berichtete, was ich gesehen hatte, nämlich, dass der Tunnel **nach Osten verlief.**

– Natürlich führt er nach Osten, sagte Mastoc.
Er endet ganz sicher **im Wald der Monster.**

– **Genial!,** sagte Esmeralda. Die Monster haben also einen Tunnel gebaut.
Wenn wir es den Erwachsenen nicht sagen, **was machen wir dann?**

– Wir warten ab. Vielleicht können wir herausfinden, wozu er dient.

– Und wie sollen wir das machen?

Mastoc sah nach oben.
Ich folgte seinem Blick ...
bis in die Krone eines Baums.

DIENSTAG
ABEND

– **Rutscht** mal ein Stück! Ihr habt den ganzen Ast für euch!

Jap. Wir sind also auf den Baum geklettert und haben ein paar Blätter abgeschlagen, um uns **ein kuscheliges Versteck** zu bauen. Wir waren davon überzeugt, dass ein **Spion** den Tunnel bestimmt nur in der Nacht benutzen würde. Wir müssten uns nur hinsetzen, geduldig warten und lauschen. **Irgendwann würde er ganz sicher erscheinen.**

Das war jedenfalls Mastocs **Überlegung.** Ich fand das **vernünftig.**

Aus Esmeraldas Ecke hörte ich **Magenknurren.**

– **Mist** ... ich muss unbedingt daran denken, immer etwas Essbares in meinem Inventar zu haben.

Mastoc gab ihr ein Stück Kuchen. Sie wollte gerade **hineinbeißen,** als sie plötzlich zurückzuckte.

– **Igitt.** Der riecht ja nach Holz.

– Du bist ziemlich **wählerisch** für eine Kriegsheldin, sagte ich mit einem **Grinsen** zu ihr.

– **HurrMmf!**

– Wollt ihr **wohl leise** sein!, flüsterte Mastoc.

– **Pff,** das ist ja nicht wie ...

Genau in diesem Moment hörten wir ein Geräusch. Hinter den Bäumen, zwischen den hohen Gräsern und den Blumen ... **ein leises Rascheln.**

Wir machten uns so klein wie möglich, bewegten uns nicht mehr und wagten es kaum zu atmen. Das Geräusch wurde jetzt **lauter.** Es raschelte scheinbar direkt unter unserem Baum. Doch wir sahen **absolut niemand!** Ich versuchte, durch die Blätter etwas zu erspähen, aber es war nichts auszumachen. **Etwas erschien nur langsam,** wurde allmählich sichtbar. Der Park war durch die Fackeln hell erleuchtet, doch **es** war durch die Blätter nur schwer zu sehen ... Es war überhaupt schwer zu erkennen, weil es **mit der Umgebung verschmolz.**

Es war ... ein Creeper.

Er **glitt** auf das Loch zu. Er sah zwar **ganz normal** aus, schien aber trotzdem ein **spezieller** Creeper zu sein. Vielleicht war er das Ergebnis von einem von Herobrines **Experimenten,** vielleicht hatte jemand ihm auch einen **Trank der Unsichtbarkeit** verabreicht. Der Creeper blickte sich kurz um und sprang in das Loch. Er tat dies **so routiniert,** als wäre er es gewohnt. Wir drei **saßen wie angewurzelt** da. Als wir schließlich den Mund öffneten, konnten wir nicht in ganzen Sätzen sprechen.

Mastoc: **„Habt ihr ...“**

Esmeralda: **„Wie ist er ... Dann war er ...“**

Ich: „Unsichtbar. Ich weiß nicht ... äh ... **Wie hat er ... also ...**

äh … Fakt ist, er …"

… existiert. Der Dorfcreeper existiert.

Er existiert nicht nur, sondern er ist auch noch **unsichtbar. Ein Kundschafter.** Er hat uns die ganze Zeit über ausspioniert. Er ist täglich durch unsere Straßen geschlendert und hat **uns beobachtet.**

Jede Nacht ist er dorthin zurückgekehrt, wo er herkam, und hat **alles berichtet,** was er gesehen hat.

Wir sind gerade erst auf die Idee gekommen, Kundschafter einzusetzen … und die Monster **haben schon seit Monaten einen.**

– Wie kann er nur die Tränke zu sich nehmen?, fragte Esmeralda, oder die Leiter hinabsteigen? **Er hat doch keine Arme!**

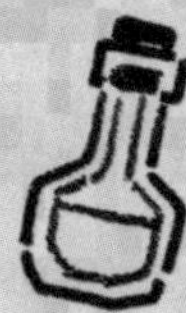

– Das ist **unwichtig**, antwortete ich und erhob mich. Das ist die größte **Entdeckung** bisher.

– Wir müssen mit jemandem darüber reden.

Während wir **diskutierten,** hörte ich eine Stimme sagen:

– Was treibt ihr eigentlich da oben?

Es waren Max und Alice. Sie waren gekommen, um nach uns zu sehen. Alice warf **einen Blick auf das Loch** und dann auf uns drei, wie wir da im Baum saßen.

Ihre Augen verrieten ihre Überraschung.

– Haben wir … **etwas verpasst?**

MITTWOCH
SCHULE

Gestern Abend haben wir dann Max und Alice **alles erzählt.** Aber es war schon so spät ... und wir waren alle müde, sodass wir **nicht auf alle Einzelheiten** eingegangen sind. Also haben wir heute während der Frühstückspause so viel darüber gesprochen, dass wir ganz **vergessen haben zu essen.** Ich wäre vor Hunger **beinahe gestorben,** aber ihr hättet mir einen **verzauberten Goldenen Apfel** unter die Nase halten können, ich hätte ihn gar nicht wahrgenommen. Die Frühstückspause reichte kaum aus, um **alle Ereignisse** der vergangenen Nacht durchzusprechen. **Jedes kleinste Detail.** Da wir vermeiden wollten, dass Pierre uns **hört,** besprachen wir alles sehr leise. Er durfte nicht von der Existenz des Dorfcreepers erfahren, sonst würden er und seine Freunde versuchen, ihn zu **fangen** ... Danach würden wir sein Gesicht auf Plakaten an allen Hauswänden bewundern können.

Das werde ich nicht zulassen. Morgen wird das ganze Dorf es erfahren: **„Das Team Minus hat den Dorfcreeper nicht nur entdeckt, sie haben ihn auch gefangen."**

– Allerdings gibt es da **ein kleines Problem,** sagte Max. Wie sollen wir ihn fangen und wie können wir **ihn dann bewachen?**

– Ja, das ist wahr, antwortete Mastoc. **Er könnte einfach explodieren.**

HurrMmm.

Während wir nach einer Idee suchten, stießen wir noch das ein oder andere **„Hurrmmm"** aus. Max schlug **Wasser** vor. Da Creeper voller Schießpulver seien, könnten sie ja nicht mehr **explodieren,** wenn **sie durchnässt sind ...** aber wir wussten nicht, ob das **funktionieren** würde. Irgendwie war ich davon überzeugt, dass Creeper immer explodieren könnten, sogar **beim Schwimmen ...**

Alice machte einen anderen **Vorschlag.**

– **Wir müssen ihm Angst machen,** sagte sie. Er muss eine solche Mordsangst haben, dass er vergisst zu explodieren.

– Aber wie sollen wir ...

Ja klar,

ich wusste die Antwort.

Unternehmen Tödliches Kätzchen

Sag „Guten Tag" zu Filou!
So ein süßes Kätzchen!

Seine Hobbys:

1. **Kugelfisch** essen;
2. einem **Wollblock** ähnlich sehen;
3. **Sessel im Haus** zerkratzen.

Hier ist sein bester Freund,
und der heißt Flocke.

Der schlimmste
Alptraum
eines Creepers.

Trotz seines Namens ist Flocke sehr kräftig gebaut. Er ist die einzige Katze, die man auch für ein Kälbchen halten könnte. Das kommt davon, wenn man sich ausschließlich von Brot, Keksen, Torten und Kürbiskuchen ernährt.

Ihr habt es erraten:
Mastoc ist sein Herrchen.

(Falls ich mal in Urlaub fahre, werde ich Jello nicht zu ihm in Pflege geben. Das werde ich nicht tun. ***Niemals.****)*

Alice hat auch eine Katze, sie heißt **Löwenzahn.** Ihren Namen verdankt sie ihrem **knallgelben Fell.** Esmeralda und Max haben sich erst vor Kurzem eine Katze gekauft, darum haben sie **noch keine Namen.** Ich glaube ja, dass das ständige **an Stühlen kratzen** auf Dauer langweilig ist. Es wird Zeit, eine neue Beschäftigung für sie zu finden, und was wäre besser, als sich die Krallen **am Kopf eines Creepers** zu wetzen? Max gab uns mit Explosionsschutz II verzauberte Lederwesten, die wir unter unseren Roben anzogen ... für alle Fälle.

Unternehmen Tödliche Katze ... **hat begonnen!**

MITWOCH
ABEND

Wir haben **den Tunnel verschlossen** und alle Mitglieder des Teams Minus haben sich auf den umstehenden Bäumen **versteckt. Wir haben gewartet.** Wir warteten mit den **Kätzchen an der Leine.** Wir haben **lange** gewartet. **Lange.** Dann hörten wir das typische Zischen und sahen, wie das Gras sich bewegte. **Der Creeper war erschienen.** Er näherte sich dem Rand des Lochs und sah sich vorsichtig um. Er war schlau und ahnte, dass etwas nicht stimmte. Er schien zu fühlen, dass wir ihm eine **Falle stellten.** Aber da war es schon zu spät. Bei dem Gedanken, mich einem so **gefährlichen** Monster nähern zu müssen, schlug **mein Herz bis zum Hals.** Trotzdem kletterte ich mit **der Katze an der Leine** vom Baum.

– Na, wie geht es? **Machen Sie einen Spaziergang?**, fragte ich.

– *EhhgbZzt!*

Er sprach diese **seltsame Sprache ...** und ich wartete, bis meine Freunde erschienen.

5 Dorfbewohner und 5 Katzen *(eine von ihnen war sehr groß und schlecht gelaunt, weil sie seit 5 Minuten keinen Zucker mehr bekommen hatte).*

Max trat vor.

– **Langsam**, Leute.

Ganz langsam näherten wir uns dem Monster. Der Creeper bewegte sich kein Stück. Schließlich begann er, **leicht zu zittern.** *(Er zitterte wie ein Dorfbewohnerzombie, dem ein Goldener Apfel gegeben wird. Er hatte Todesangst.)*

Ich **schob** Filou einen Block nach vorn. Mein Herz raste. Filou hatte **keine Rüstung** und seine Gesundheitsleiste war, verglichen mit meiner, sehr klein. Sollte der Creeper **explodieren** wollen ... müsste ich so schnell wie möglich an der Leine ziehen, andernfalls: **Tschüß Katze.** Doch wir mussten es riskieren. Dieser Creeper war der Grund dafür, warum die Monster **so viel über uns und unser Dorf wussten.** Auch wenn er explodieren würde, **wäre es für uns wie ein Sieg.** Besser wäre es aber, wir bekämen ihn lebend zu **fassen,** um mehr über ihn zu erfahren ... *(Außerdem könnten wir ihn dann dem Bürgermeister präsentieren und ein paar Medaillen und Diamanten abstauben und Plakate mit unseren Köpfen darauf ... es wäre echt genial und supercool oder auch nur cool. Da würden wir keinen Unterschied machen ...!)*

Ich nahm **meinen letzten Mut** zusammen und näherte mich ihm um einen weiteren Block. Alice machte **es genauso.** Sie nahm **Löwenzahn** hoch und hielt ihn **mit ausgestreckten Armen** dem Creeper entgegen.

Sie hatte diesen **„Mach-bloß-keinen-Ärger!"-Blick.** Es war wie damals, als sie in **unserer ersten Schlacht** die Zombies massakrierte.

Der Creeper wollte sich davonschleichen, aber **sie ging weiter auf ihn zu.**

– Können Sie mich … **verstehen?**

Das Monster machte eine Bewegung mit dem Kopf, die **vage wie ein Nicken** zu verstehen war.

– Ja, ja. ***Ich verstehe euch.*** *Tut mir, bitte, nicht weh …* ***Ich werde nicht explodieren …***

Seine Stimme klang wie das **Rauschen des Windes,** wenn er durch Zuckerrohr blies. Ich ließ die Leine ein wenig lockerer. Max, Mastoc und Esmeralda **kamen vorsichtig näher,** und bald hatten wir das Monster umstellt.

Monster.

Wir haben ein Monster gefangen.

Lebendig. Ein echtes Monster, **gefährlicher** als ein Babyschleim.

– ***Nehmt*** *diese Tiere weg …* flehte er. *Ich bitte euch …* ***Die Geräusche, die sie machen …***

– Das machen wir ... wenn Sie sich **entschließen, mit uns zusammenzuarbeiten,** sagte Esmeralda. **Wenn nicht,** werden Sie zu spüren bekommen, was die **Krallen** einer Katze mit einem Gesicht anstellen können.

Er versprach es.

Oooh ja!

Umringt von **miauenden** Katzen, versprach er es ganz fest.

Ein so ernst gemeintes Versprechen
hatte er noch nie gegeben.

DONNERSTAG-MORGEN

Festnahme
eines Creepers!!!

SCHÜLER ERWISCHTEN DAS

AUGE HEROBRINES

LEGENDÄRES MONSTER IN HAFT

Schau hin, Pierre! Wir haben das **„Auge Herobrines"** gefangen. So hieß der Creeper, der durch unsere Straßen geirrt ist. Brio und seine Wachen haben **ihn mitgenommen,** wahrscheinlich in dasselbe Haus, in dem ich Brio öfter getroffen habe. Sie werden sicher herausfinden, wie er **sich unsichtbar** macht.

– **Glaubt mir,** sagte Brio. **Wir werden ihn zum Reden bringen.**

Auch meine Eltern standen **in der Menge.** Ich glaube, sie waren **sehr stolz.** Der Bürgermeister hat uns vor dem versammelten Dorf **gratuliert.**

– **Durch den bedingungslosen und unermüdlichen Einsatz** dieser jungen Dorfbewohner haben wir von der Existenz einer **neuen Bedrohung** erfahren. Bisher sind die Monster über unsere Festungsmauer gestiegen oder haben sie in die Luft gesprengt. Wir hätten nie daran gedacht, dass sie sich **unter ihr durchgraben würden.**

– Auch die Legion hat **so etwas** für unmöglich gehalten, *sagte Karl.* Im normalen Computerspiel benutzen die Monster keine **Werkzeuge.** Man hat wahrscheinlich **ihre künstliche Intelligenz verbessert …**

– Das neue Spiel ist **echt cool!**, *sagte Minsur.* Vorher war es auch **zu einfach.** Ich bin mindestens 5- oder 6-mal im **Hardcore-modus** bis ans Ende gekommen.

Viele Dorfbewohner schauten sie **seufzend** an, darunter auch Steve und Mike, die hinter ihnen in der Menge standen.

Kurz, der Bürgermeister war so **glücklich,** dass er beschloss, uns für heute freizugeben: **keine Schule und keine Sonderaufgabe.**

Wie damals – *als ich in der Architekturprüfung gewonnen hatte* – **gratulierten mir** alle anderen Kinder.

Von Brio bekam ich sogar **eine Belohnung.**

– Die ist für den **Obsidianwürfel.** Die Monster sind immer noch mit ihm beschäftigt. Letzte Nacht haben sie ihn **mit Erde bedeckt,** um ihn nicht mehr sehen zu müssen.

Er überreichte mir einen ganzen Stapel Diamanten. Vom Bürgermeister erhielt ich fünf weitere.

– Teile sie mit deinen Freunden. Gute Arbeit!

Ein schöner, funkelnder Haufen. Wirklich echte Diamanten. Ich konnte hören, wie sie, einer nach dem anderen, in mein Inventar glitten. Sie klirrten wie zerspringendes Glas.

So viel hatte ich in meinem ganzen Leben nicht besessen: 128, nur für mich.

Pierre war natürlich schwer sauer. Nachdem der Bürgermeister und Brio gegangen waren, kam er auf mich zu.

– Hey, Minus!

– Guten Tag, mein Freund. Möchtest du ein Autogramm von mir?

Ich schüttelte meine Tasche, sodass die Steine klimperten.

– Pff. Du magst ja reich sein, aber Talent kannst du dir dafür nicht kaufen. Ich werde dich in jedem Fach schlagen.

– Du bist wirklich ein schlechter Verlierer ...

Pierre warf mir einen eisigen Blick zu, der mich sofort an Herobrine erinnerte. Es war gruselig.

– **Lach du nur!** Nach der Bergbauprüfung wirst du nichts mehr zu lachen haben. Du wirst **gar nichts mehr** tun.

Er schubste mich. Ich schubste zurück.

– **Was ist dein Problem?**, fragte ich.

– **Du** bist mein Problem. **Du bist ein Noob.** Du wirst uns alle in Gefahr bringen, wenn du eines Tages den Auftrag hast, **das Dorf zu beschützen!**

Er stürmte **davon.** Seine Worte gruben sich in mein Gedächtnis, besonders das, was er über die **Bergbauprüfung** gesagt hatte. Sie findet in der kommenden Woche statt. Max hatte ja auch schon gesagt, dass ... Pierres Vater **den Test manipulieren** würde.

Pff. Bloß keine Angst. Egal ob Lavabecken, Kiesfallen oder was auch immer ... darauf werde ich **garantiert nicht hereinfallen.** Jetzt will ich jedenfalls nicht mehr daran denken. Weder an die Schule noch an die Sonderaufgaben, **jetzt heißt es nur entspannen!**

Ich werde mir mit **meinen Freunden** ein Eis genehmigen und dann zum See gehen. Ich weiß, das letzte Mal, als ich das gesagt habe, ging **fast das ganze Dorf in Flammen auf.**

Aber diesmal wird das nicht passieren. Nicht heute.

Unmöglich. Das ist mein Tag. Er gehört mir.

DONNERSTAG NACHMITTAG

Ich habe meine Angel ausgeworfen. Mein **Haken** sauste nur so durch die Luft. Ihr glaubt wohl, die Monster werden noch angreifen, **oder?**

Das glaube ich auch.

Ich auch.

Der See liegt im Süden des Parks. Er ist sehr klein und wurde für den **Schwimmunterricht** angelegt ... er dient aber auch als Nahrungsquelle. Ja, ihr habt richtig gehört, **wir sind zum Angeln gegangen.** Vielleicht stehen wir am Beginn eines Krieges ... und eine Monsterarmee wird vor unseren Toren stehen ... aber auch Krieger brauchen **von Zeit zu Zeit** Ruhe.

Ich sah, wie sich der Angelhaken **bewegte.** Ich holte die Schnur ein ... **Was für eine Überraschung!** Ein Kugelfisch hing am Haken.

Ich werde ihn für **Filou** aufbewahren. Er hat ihn sich nach seiner gestrigen Heldentat wirklich verdient.

Neben mir **mühte** sich Alice mit ihrer Angel ab.

Es war ihr **ein wenig peinlich.**

– Du angelst nicht oft, **oder?**

– Nicht wirklich ... **Kannst du mir nicht zeigen, wie es geht?**

– Ja klar. **Es ist ganz leicht.** Das einzige, was du tun musst, ist ...

Es war wirklich seltsam, ihr das Angeln beizubringen. Sie ist zwar **die Klassenbeste**, hat aber nicht geringste Ahnung, wie man mit einer Angel umgeht. Als sie es schließlich schaffte, ihre Angel allein auszuwerfen, lachte sie, **wie ich sie noch nie habe lachen sehen.**

– Es gab wohl nicht viele Seen in deiner Gegend?

– Doch, es gab **viele ....** aber wir lebten in der Nähe von Herobrines Schloss, also haben wir uns auf die **Ausbildung im Kampf** konzentriert.

– Du hast also in **einem Kriegerdorf** gelebt.

Ich lachte, als ich das sagte. Ihr aber war nicht **zum Lachen zumute.**

– **Ja.**

– Warte ... Ihr wart richtige Krieger?

– Ist das so schwer **zu glauben?**

– Ja, schon ...

– Was ihr gerade hier erlebt, **war für uns Alltag.** Mein Leben war schon **immer** so. Wir haben **sehr jung** mit dem Kriegsdienst begonnen.

– ...

Ich wusste nicht, was ich sagen sollte. Sie konnte also schon kämpfen, bevor sie in Gefangenschaft geriet. Herobrine hat sie nur **stärker** gemacht. Alice und ihr Vater ... sind so etwas wie **Super-Dorfbewohner.** Wenn die normalen Dorfbewohner Kaninchen wären, wären die Leute aus ihrem Dorf **Killer-Kaninchen.**

In einem Punkt hat Pierre Recht. **Seine Scores sind besser.** Um ehrlich zu sein, meine sind in der letzten Zeit **kaum** gestiegen. Aber das geht **allen** so. Je höher der Level ist, desto mehr muss man sich für einen höheren Score **abrackern.** Als mein Architekturscore beispielsweise bei Null lag, musste ich nur ein paar Blöcke aufeinanderstapeln, um ihn zu verbessern. Jetzt muss ich **ein ganzes Schloss** bauen, um nur einen Punkt mehr zu bekommen. Ich pendle wahrscheinlich zwischen dem **5.** und **6. Platz.** Wenn ich bloß den nächsten Test **bestehe …** Sie haben gesagt, wir könnten in Gruppen oder auch allein arbeiten.

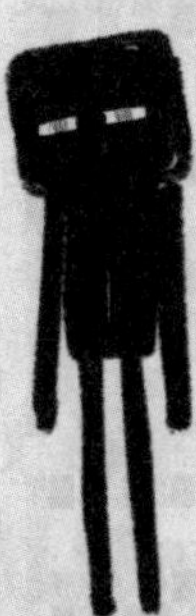

– Ich habe immer noch diese **seltsamen Träume**, sagte ich. Alice nickte.

– Du hast von **einem Enderman** geträumt?

– **Du auch?!**

– Ja. Endermen können sich nicht nur von einem Ende der Welt ans andere **teleportieren.** Sie sind ein wenig wie **die Magier.**

– Du meinst, sie können unsere **Träume kontrollieren** … ach … Also will dieser Enderman uns helfen?

Ich erinnerte mich an diesen Traum mit der **Redstonemaschine.**

– **Ich denke schon.** Mein Vater hat diese Träume auch. Er glaubt ja, dass der Enderman **für Notch arbeitet.**

– Monster helfen Notch?!

– Nicht alle Monster sind böse, Minus.

Ich nickte und dachte an Jello. In letzter Zeit habe ich wirklich nicht viel Zeit mit ihm verbracht.

Am anderen Ufer des Sees stritten sich Esmeralda, Mastoc und Max darüber, ob der Bürgermeister sich wirklich ergeben wollte. Einige Dorfbewohner waren der Meinung, wir sollten es tun. Ich bin stolz darauf, dass meine Freunde und ich nicht dieser Meinung waren. Da Brio und Alice so stark waren, konnten sie uns doch das Kämpfen lehren. Jedenfalls besser als die Menschen.

Alices Angelhaken zappelte im Wasser. Ihr Gesicht leuchtete auf.

– Hey, Minus! Ich habe was gefangen!

– Kurbel, kurbel!

Sie holte ihre Schnur so kraftvoll ein wie Urkk. Ihre Beute landete neben uns auf dem Boden. Es war ein Buch oder vielmehr eine Fälschung meines Tagebuchs.

Ich lachte auf.

– Das könnte wirklich mein Tagebuch sein!

Nachdem ich den Umschlag näher untersucht hatte, fielen mir jedoch einige Fehler auf. **Diese Kopie stammte offensichtlich von einem Noob.** Der Innenteil war so **schlecht** geschrieben, dass er von einem Zombie oder vielleicht von **einem Magmawürfel** hätte stammen können.

– Ich frage mich, wer wohl der Autor ist.

– **Bestimmt Pierre** oder irgendein anderer Noob, wer weiß? Wenn ich den erwische ...!!!

Alice warf **das falsche Tagebuch** in den See zurück, denn genau dort gehörte es auch hin. Zwei Stunden vor Sonnenuntergang **gesellten** sich die drei anderen **zu uns.**

– Wir haben überlegt, was wir morgen in der Prüfung bauen könnten, sagte Max. **Und ... wir machen einfach blau.**

– Mir kommt es vor, als ob mein **Gehirn seine Arbeit eingestellt** hätte, sagte Esmeralda. **Zu viel Stress.**

Mastoc hatte ein paar Ideen, **so etwas wie TNT-Fallen,** musste aber zugeben, dass sie nur **mittelmäßig** waren.

– Wir brauchen **etwas ganz Neues,** sagte er.

– Vielleicht sollten wir eine Möglichkeit finden, die Monster daran zu hindern, sich **unter unserer Festung durchzugraben?**

Alice gab ihm Recht. Natürlich war das **superwichtig** für unser Dorf, aber außer **einer Mauer aus Obsidian** fiel uns nichts ein.

Wir diskutierten mindestens eine Stunde darüber, doch danach waren wir kein bisschen klüger.

Mastoc wurde auf einmal merkwürdig still. Er betrachtete nachdenklich irgendetwas in der Ferne.

Es war der Platz, wo ich vor einigen Wochen den **Sand für die Flaschen gesammelt** hatte.

– **Alles klar,** sagte er. **Ich hab's!**

Alle Augen richteten sich auf ihn. Er legte mir die Hände um die Schultern.

– Ich habe eine komplett **verrückte Idee.**

Freitag.
Der große Tag.

Die Schüler hatten die Aufgabe, **neue Konzepte für unsere Verteidigung** zu entwickeln. Ich werde hier einige von ihnen enthüllen ...

Das Team Pierre schlug eine **Lavafalle** vor. Manche behaupteten, sie sei nur ein **Nachbau von Mikes Haus.** Aber die Lehrer hatten Mikes Haus noch nie gesehen, und Mike war nicht da, um dies zu bestätigen. **Also bekamen sie eine gute Beurteilung.**

Das Team Girl Power hat eine wirklich gute Lösung gefunden. Sie nannten es **„Lava-Wasser-Tür"**. Wie sie funktioniert? Ein Lavablock wird über der Tür platziert, ein Wasserblock direkt dahinter, etwa so:

(Dadurch verhindert man große Explosionen. Sie demonstrierten dies mit 2 TNT-Blöcken. ***Tolle Vorstellung!****)*

– Wie ein **tiefgefrorener Burrito,** der zu lange in der **Mikrowelle** war, sagte Steve.

Die Lava und das Wasser verbanden sich zu **Stein.**

Weitere Explosionen könnten den Stein **zerstören,** doch es **entstand** immer wieder neue Lava und neues Wasser. Es war eine Steinwand, die sich immer wieder **erneuerte, es war genial!** Es gab noch einige Ideen dieser Art. Einige ganz neue Konzepte verwendeten Gegenstände, von denen ich später sprechen werde *(im Moment sind sie noch topsecret).*

Nun gut ... ich will mich nicht selbst loben, aber den **besten Vorschlag** hatte das **Team Minus.** Es gibt keine effizientere Möglichkeit, die Monster daran zu hindern, sich **unterirdisch ins Dorf zu graben.** Im Gegenteil, wir haben **eine Anlage** gebaut, die uns sogar vorwarnt.

Ich präsentiere: den Alarmtunnel.

Er funktioniert so:

Der Boden besteht aus **mehreren Schichten:** zuerst die **Grasschicht,** die in Wahrheit eine mit Gras bedeckte Erdschicht ist … sie ist einen Block stark; dann eine fünf Blöcke dicke **Erdschicht.** Danach kommt **bis zum Grundgestein** nur noch **Stein.**

Wollen die Monster also einen Tunnel graben, werden sie sich **durch die Erde buddeln.** Das ist auf jeden Fall **viel, viel einfacher,** als sich **ultra**anstrengend durch Stein zu graben. Wir müssen nur noch **eine Wand aus Sand** um das Dorf anlegen … **direkt auf die Schicht aus Erde.**

Sobald die Monster hier graben, wird der Sand **einstürzen** und auf den Redstoneschaltkreis **fallen,** den wir vorher darunter verlegt haben. So werden die Redstoneverstärker **aktiviert.**

Die Leute, die nachts auf der Festungsmauer Wache schieben *(Brios Wachen, die Menschen …)* **werden dadurch von der Anwesenheit der Monster unterrichtet.**

Jap, das Team Minus hat gewonnen. Die Lehrer waren **begeistert** von unserer Idee, vor allem weil wir ja noch **haufenweise Redstone** haben, für den wir bisher keine Verwendung hatten.

Das Team Girl Power wurde **Zweiter**,
das Team Pierre **Dritter**.

Habe ich schon gesagt, dass Mastoc der allerallerbeste Freund auf der ganzen Welt ist?

Die Lehrer haben uns gesagt, dass wir am Montag unsere Diplome erhalten. Ich habe keine Ahnung, auf welchem Platz ich bin. **Wir werden sehen.**

Lehrer und Schüler **liefen überall herum** und berichteten von den **neuen Erfindungen.** Abgesehen von Alice und mir.

– Minus?

– Ja.

– **Hast du Angst?**

– **Immer.** Wenn keine Endermen in meinen Träumen vorkommen, träume ich davon, dass **die Monster uns angreifen.**

– Ich auch. In meinen **Alpträumen** werde ich erneut gefangen und … ich werde wieder in **seine Festung** verschleppt.

– Das wird nicht geschehen. Das werde ich nicht zulassen.

– **Versprochen?**

– **Versprochen!**

Wir haben dieses Wochenende wieder **frei.** Ich habe beschlossen, Samstag und Sonntag mit Max **in der Bibliothek** zu verbringen. Während des zweiten Krieges vor langer Zeit gingen viele Informationen **verloren.** Die Rezepte der Magier, die großen Bibliotheken ... alles ist verbrannt **oder auch explodiert.** Doch ein paar Krümel Wissen haben in unseren alten **verstaubten** Büchern überlebt, wir müssen sie nur aufstöbern.

Verglichen mit den Gebäuden **unserer Vorfahren** bauen wir wie die dümmsten Noobs. Nehmen wir zum Beispiel **die Trankrakete.** Max glaubt, dass die Werkbänke jener Epoche aus **5 × 5 und nicht aus 3 × 3 Slots** bestanden. Das ist viel schwieriger. Es gab sogar Werkbänke mit **7 × 7** Fächern. Es war also damals wie 3D-Crafting. **Verrückt, was?**

Warum denke ich bloß an so etwas? Dabei habe ich noch nicht einmal ein **Diamantschwert!** Ich sollte mir vielleicht eines kaufen ... Ich habe doch genug Smaragde, **auch für meine Freunde.** Ich wandte mich an Alice.

– Lass uns die anderen drei suchen gehen.

– Warum? **Was hast du vor?**

Ich gab ihr einen ganzen Stapel Smaragde aus meinem Inventar.

– **Wir gehen shoppen.**

– Ich glaube nicht, dass Mastoc mit uns kommt. Er redet ständig von einem **Obsidianschwert,** wie Notch es besaß.

- **Macht nichts,** sagte ich augenzwinkernd. Dann kriegt er eben dieses Jahr ein **vorzeitiges** Geburtstagsgeschenk.

– Apropos Notch... **es ist echt seltsam,** dass er uns nichts von diesem verlorenen Wissen verraten hat. Aber vielleicht sind wir gar nicht so wichtig für ihn ...

– **Sag das nicht,** antwortete ich und blickte zum Himmel. Er ist einfach nur gerade ... **beschäftigt.**

Genau in diesem Augenblick glaubte ich, ein **Donnern** zu hören. Aber der Himmel sah **nicht nach Gewitter** aus. Es waren nur ein paar weiße Wölkchen zu sehen ... also hatte ich es **mir wohl nur eingebildet.**

Wir suchten weiter nach unseren Freunden. Ich **dachte** darüber nach, was ich kaufen wollte. Falls ich mir tatsächlich **ein Diamantschwert** kaufen sollte, müsste ich meine sämtlichen Erfahrungspunkte verwenden, **um es zu verzaubern.** Mein Schwert würde **so stark funkeln,** dass die Skelette, denen ich in der Nacht begegnen würde, es für die Sonne hielten.

Könnt ihr euch **das Gesicht** von Pierre vorstellen? Er ist **schmollend** verschwunden, als er sah, dass sein Team nur den dritten Platz belegte.

Bestimmt schreibt er jetzt an einer **Fälschung** meines Tagebuchs.

FREITAG
SPÄT

Heute war einer der **schönsten Tage** in meinem Leben.

Ich werde euch **alle Einzelheiten** erzählen, versprochen.

Einzelheiten darüber,
wie ich zum …

Uups!
Fast hätte ich jetzt die Überraschung verdorben!

FREITAG
SPÄTER ALS SPÄT

Esmeralda ist in Karl **verknallt.** Jedenfalls ... **glaube ich das.** Sie spricht nicht darüber. Aber sie hat mich **auf die Idee** gebracht, als sie sich die Zeichnung ansah, die ich vorhin von ihm gemacht habe. Sie bestand darauf, dass ich **ihn neu zeichne.** Ihrer Meinung nach **„kam er nicht zur Geltung".** In Wahrheit **sähe er viel süßer aus,** sagte sie. Ich sollte noch klarstellen, dass Karl keinen Bart hat und fast **15 Jahre** alt ist.

Waaaaaah!

Also habe ich ihm einen Bart gemalt! Na und?

Ich finde Bärte witzig, darum habe ich ihm einen gezeichnet. **Wen interessiert's?** Ach, und **die Farbe** seiner Rüstung geht auch überhaupt nicht. **Oh nein!** Eigentlich müsste seine ganze Rüstung neu gemacht werden, er trägt auch nie einen Helm. **Liebes Tagebuch,** was tue ich da?! In Wahrheit hätte ich nie gedacht, Zeit damit zu verschwenden, Karl in meinem Tagebuch zu erwähnen. Warum tue ich das? **Er war echt mies.** Ständig kommandierte er mich herum. Ich bin doch kein Sklave in seinem Dienst. Habt ihr vielleicht eine Truhe **auf meinem Rücken** gesehen? **Nein.** Wenn ich darüber nachdenke, sollte ich ihn als Mischung aus **Enderman** und **Lore** zeichnen!

Allerdings **ist er netter** und **respektvoller** geworden. Je mehr Zeit er mit uns verbringt, desto mehr **kümmert er sich um uns.** Er hat geschworen, uns zu beschützen. Gestern hat er das Dorf sogar vor einem Creeperangriff bewahrt. **Ganz allein.** Vielleicht hat Esmeralda ihm deshalb verziehen, dass er so **ein übler Typ** war. Sie wollte ihm im Modetempel **ein Geschenk** kaufen.

– **Warum denn nicht?** Meine Eltern haben mich gebeten, ihm etwas zu kaufen. Schließlich hat er uns ja **gerettet.**

Jaa ...

Eigentlich wäre es ja auch gar nicht nötig gewesen, dass Esmeralda mir eine Rüstung kauft. Ihm hat sie **einen Schal** gekauft. Keinen Helm. Nicht mal eine Kapuze. Nichts, was ein Ritter wirklich gebrauchen kann. **Einen Schal aus schwarzer Baumwolle.** Ich sagte ihr, dass Karl sicher lieber im Nether schnorcheln ginge, als **so ein Teil** anzuziehen. Flaco *(die Geschäftsinhaberin)* war da **anderer Meinung.**

– Aber die Farbe passt doch gut zu seiner Rüstung, sagte sie. Da brauchst du keine Angst zu haben, Süße. **Er wird ihn lieben!**

Ja, Flaco ist eine echte **Dorfbewohnerin.** Für eine Frau hat sie allerdings eine sehr dunkle Stimme und sie trägt ihren Hexenhut so tief im Gesicht, dass man es kaum sehen kann.

Ich muss wirklich aufmerksamer sein.

– Er wird ihm gefallen, sagte Esmeralda. Denn er ist außerdem mit **Schutz III verzaubert**.

Mastoc spuckte ein Stück Kürbiskuchen aus.

– **Schutz III?!** Wie viel hast du denn dafür bezahlt?

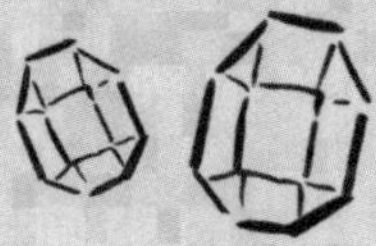

– **Zwei Stapel.**

Zwei Stapel Smaragde. **Das** war wirklich der Hammer. Das ist fast **der Preis für einen Diamanten.** Als sie unsere Gesichter sah, verdrehte sie ihre Augen zum Himmel.

– Sie kommen aus dem Inventar meines Vaters, nicht aus meinem. Er hat gesagt, wir müssten unser Bündnis mit den Menschen vertiefen.

Wir **rissen** die Augen noch weiter auf. Flaco stieß **einen spitzen Schrei** aus. Sie wusste nichts über die Menschen und fand ihren **Modegeschmack fürchterlich.**

– Und auf ihrer Seite stehen? Warum sollten wir das tun?

Ein BÜNDNIS?

Es war nicht **vollkommen abwegig.** Wir **brauchten** sie, und sie **brauchten** uns. Aber zuerst sollten die Menschen ihre Probleme lösen. Zurzeit sind sehr **viele** Menschen in unserem Dorf, und es kommen ständig neue. **Das ist schon seltsam genug,** aber sie bilden auch noch zwei Gruppen, die unterschiedlicher Meinung sind.

Eine Gruppe glaubt tatsächlich, dass diese Welt **nicht real sei.** Sie sind **die Sucher** *(der Wahrheit)*. Sie behaupten, dass wir uns in einem sehr ausgefeilten **Spiel in der virtuellen Realität** befänden oder das Ergebnis eines Unfalls in ihrer irdischen **Technologie** seien. Diese Gruppe hat viele **Theorien** aufgestellt, um zu erklären, was in dieser Welt geschieht. Für sie ist es beispielsweise unwichtig, wie sie uns behandeln, **weil wir NPCs sind** und NPCs **keine Gefühle** haben. Wenn wir doch Gefühle zeigen, dann nur, weil wir so programmiert wurden. Unsere Gefühle seien also das Resultat unserer **künstlichen Intelligenz, unseres Skripts** ... ich kapiere überhaupt nichts.

Die andere Gruppe ist damit **nicht einverstanden.** Wir nennen sie **die Gläubigen.** Sie glauben **das Unmögliche:** dass das **Computerspiel real** geworden ist. Sie haben aufgehört, nach einer Erklärung zu suchen und akzeptieren diese Welt, wie sie ist.

Beide Gruppen diskutieren oft **sehr angeregt** über dieses Thema. Sie sprechen fast mehr darüber als über **Pizza.**

Ihren größten Streit hatten sie, als Karl plötzlich seine Meinung geändert hat. Er ist mittlerweile ein **Gläubiger.**

– Diese Leute sind real, sagte er letztens. Darum müssen wir uns ihnen gegenüber **benehmen.**

Hoffentlich kann er noch möglichst viele von ihnen **bekehren** ... Vielleicht findet ihr, dass ich zuviel erwarte, aber ich würde es vorziehen, **wenn sie uns nicht mehr behandelten wie Sklaven ...**

Über all das schreibt er in seinem Tagebuch. **Ich habe fast alles gelesen. Einige Abschnitte** habe ich sogar abgeschrieben, wie zum Beispiel den, in dem Esmeralda vor ein paar Tagen versucht hat, mit ihm zu sprechen.

*„Diese Dorfbewohnerin hat mich schon wieder angesprochen. **Echt seltsam.** Bei ihrem Anblick sind mir Schauer über den Rücken gelaufen. Ihre Stimme war so gefühlvoll, ihr Lächeln so warmherzig und ihre Augen strahlten. Ich hielt sie alle für NPCs, aber das stimmt nicht. Dieses Mädchen ist **nicht aus Polygonen** gemacht, sie ist **aus Fleisch und Blut** und sehr hübsch. Ich weiß nicht, wie es passiert ist ... aber es ist passiert. Diese Welt aus Blöcken – einst nur unzählige Pixel auf meinem Computer – ist **zu einer lebendigen Welt geworden.**"*

HurmMm. Am liebsten hätte ich **jetzt** eine vollständige Kopie. Jedenfalls haben wir ihn im **Modetempel** getroffen. Esmeralda gab ihm den Schal, **und aus unerfindlichem Grund** ... hat er ihm **gefallen.**

Einige Kinder machen sich schon über ihn lustig und behaupten, er wirke wie eine **Memme** und verhielte sich manchmal **tuntig.** Was werden sie erst sagen, wenn sie ihn **mit diesem Schal** sehen?

EGAL, WAS MAN SAGT, MINUS, ICH BIN KEINE **MEMME.**

ICH TRAGE DIESEN SCHAL NUR, WEIL ER MICH STÄRKER MACHT.

ES IST NUR EIN REINER ZUFALL, DASS ER AUSSERDEM MEINE FRISUR BESSER ZUR GELTUNG BRINGT.

Leider sind nicht alle Menschen wie Karl. Es gibt noch genug, die **weiterhin unfreundlich** sind. Einige von ihnen haben wir auf der Straße getroffen.

– Was haben die denn da an?! **Ninjakostüme?!**

– **Ach, vergiss die Roben!** Ich habe sogar einige mit Schwertern gesehen. Unglaublich!

– **Hey! Da ist dieser seltsame Junge!** Wie hieß der noch? **Rictus?**

– Willst du mir etwa erzählen, **dass sie Namen haben?**

– Lass uns mal schauen, was sie so verkaufen.

Dorfbewohner mit Schwertern?! Mit Namen?!
Schon seltsam, oder?!

Offensichtlich gibt es all das **im Computerspiel** nicht. Wir bewegen uns nur rein **zufällig** und geben seltsame Laute von uns ...

... und da wir **komplett verblödet sind** ...

... **pflanzen** wir halt Karotten an.

Oh, nein! Pass auf, du pflanzt sie ja neben die Kartoffel!!!

Die Menschen **redeten weiter,** als wären wir gar nicht da.

– Ich möchte mit ihnen keinen Handel treiben, **sie machen mich verrückt.** Es sei denn, sie würden **Maccheroni** verkaufen.

– **Oh! Maccheroni ...** Ich würde 50 Smaragde für einen einzigen Teller bezahlen!

– Oder **Spaghetti** ...

– Mit **Knoblauchbrot** ...

– Und **geriebenem Käse** ...

Ihre Augen wurden **ein wenig feucht.**

Hurggg!

Hört auf zu quengeln und esst etwas Kürbiskuchen,

ihr Bande von Noobs!!!

Mastoc sah die Menschen **gelangweilt** an.

– Vielleicht sollte ich versuchen, **eine große Peperoni** herzustellen, sagte er mit leiser Stimme.

– Wenn du das hinkriegst, würden sich alle Dorfbewohner **freuen.** Vielleicht würdest du dann **der neue Bürgermeister** werden.

Und fangen wir gar nicht erst von ihrem Gerede über Pizza an.

Sie reden ständig darüber. Ein *„überbacken"* hier, eine *„Käsekruste"* dort … *„am liebsten Schinken und Ananas"* …

Plötzlich hatte ich eine Idee. Vielleicht könnte ich mir ihre **Verrücktheit nach Pizza** zunutze machen und ein paar Smaragde dazu verdienen. Aufgepasst, es gibt auch in meiner Welt Pizza! **Alle Sorten!** Ich könnte sie verkaufen und reich werden. So könnte ein Poster für **mein künftiges Restaurant** aussehen:

Kürbispizza?!

Der Wahnsinn!

Du hältst dich für Hardcore mit deiner Ananaspizza? Ich weiß nicht einmal, was das ist, aber du bist kein **echter** Pizzafan, bevor du nicht meine Kürbispizza probiert hast!!! **Lecker!!!**

(Nur ein Diamantschwert, und bitteschön!!!)

Kurz und gut, wir entschlossen uns, in **Kohls Laden** zu gehen. Zur Erinnerung, das ist **der alte griesgrämige Schmied,** den wir vor langer Zeit übers Ohr gehauen haben.

Ja, der war das. Ich weiß nicht, **warum** wir zu ihm gegangen sind. Wahrscheinlich haben wir so lange über coole Dinge geredet, dass wir sie uns jetzt unbedingt kaufen wollten. Seid ehrlich, wer ist nicht aufgeregt bei dem Gedanken, sich **etwas Cooles** zu kaufen?

Max liebt coole Sachen. Mastoc liebt coole Sachen. Perce, der Bürgermeister, dieser Mensch mit Namen **Sammy ...**

sie alle lieben es,
coole Sachen zu kaufen!

Für **mich sind Kekse cool,** auch wenn ich sie direkt nach dem Bezahlen aufesse und mir dann neue kaufen muss.

Alice hat **noch nie coole Sachen** gekauft. In ihrem Dorf konnte man keine coolen Sachen kaufen. Aber als ich sie fragte, ob sie mit uns kommen wollte, um coole Sachen zu kaufen, **leuchtete ihr Gesicht auf** wie ein mit Schießpulver gezündetes Feuerwerk.

Glaubt mir, sogar Kühe würden gerne coole Sachen kaufen, wenn sie **Hände** hätten, um Smaragde zu tragen.

Wenn Kühe Handel treiben könnten, würde viel mehr Gras angebaut werden, und die Werkzeuge mit der Verzauberung Delikatesse wären noch viel teurer.

Streng genommen hatten wir **einen Plan,** und wir hatten **alle noch** unsere Smaragde. Es gab da nur **ein kleines Problem ...** Wir hatten eigentlich vor, Waffen davon zu kaufen, doch dafür mussten wir cool wirken. Wir mussten uns wie Krieger verhalten, **versteht ihr?** Meiner Ansicht nach **verhält sich ein echter Krieger so:**

1. Zum Schmied gehen.
2. Die **Smaragde** auf die Theke werfen.
3. Nach einem Schwert fragen, das einen Obsidiangolem **zum Weinen bringt.**

4. Den Schmied grimmig ansehen. **Grimmig.** Der Blick muss genau das besagen: *Versuch bloß nicht, mich zu linken. **Ich bin stark.** Ehrlich gesagt, ich bin **so stark,** dass ich ebenso leicht auf Enderdrachen reiten kann wie auf fliegenden Schweinen.*

Jawohl, so verhält sich
ein echter Krieger.

Genauso traten wir dann auch auf. Angesichts dessen, was beim letzten Mal geschehen war, **lachte** der alte Kohl uns **frech an.**

– Das sollen **Smaragde** sein? Ich kenne euch, euch und eure miesen Tricks. **Das ist doch nur gefärbtes** Glas.

Er hat in einen Stein geradezu **hineingebissen,** um zu prüfen, ob er echt sei. *(Mir war nicht klar, was er damit bezwecken wollte, er hat ja keine Zähne mehr.)* Als er sich davon überzeugt hatte, dass die **Smaragde echt** waren *(unglaublich!)*, hellte sich sein Gesicht auf wie ein Feuerwerk, diesmal gezündet mit einem Creeperkopf. **Ziemlich irre, oder?** Könnt ihr euch das vorstellen? Mir geht es jedenfalls nicht mehr **aus dem Kopf.**

Dann fragten wir ihn nach Waffen, die einem Obsidiangolem die Tränen in die Augen trieben ...

– **Was haltet ihr davon?**, fragte er und zeigte auf eine Spitzhacke aus Eisen.

Wir blickten ihn alle **verdutzt** an.

– Man braucht **Diamanten, um Obsidian abzubauen,** sagte Alice.

– **Oh!** Natürlich, **natürlich,** ich wollte nur mal sehen, ob ihr es wisst ... Noobs werden in meinem Geschäft nicht bedient.

Peinliches Schweigen.

Verständnislose Blicke.

Der Schmied sah sich um.

– **Und was ist hiermit?**, fragte er und zeigte uns ein Eisenschwert. Das Schwert war noch nicht einmal verzaubert und außerdem **gebraucht.** *(Eigentlich war es nur noch Schrott.)* Er betrachtete unsere noch **immer verständnislosen Gesichter** und zuckte mit den Schultern.

– **Nun ja,** aber damit kann man immerhin einen Ghast zum Weinen bringen. **Garantiert, sonst nehme ich es zurück!**

– **Alter ... das meinst du doch nicht ernst?**, fragte Mastoc. Selbst eine rote Tulpe bringt einen Ghast zum Weinen!

Max seufzte.

– Auch ein Schwert, das so vergammelt ist, dass es jedes Monster durch bloße Berührung **heilt,** würde einen Ghast zum Weinen bringen.

– **HurMpf!**, stöhnte Esmeralda und drehte sich um. Dieser **Ramsch** hier bringt mich zum Weinen ... dafür würde ich **nicht einen einzigen Smaragd** ausgeben.

Mit diesen Worten verließ sie den Laden.

Wir schlossen uns ihr an, doch bevor ich rausging, sah ich mich noch einmal kurz um. **Irgendetwas hatte meine Aufmerksamkeit erregt.** Es war rund, türkis und glitzerte leicht ... **Eine seltene Enderperle!** Sie sollte nur **5 Smaragde** kosten.

Ich wollte **Alice** ohnehin **ein Geschenk** machen und dachte mir, dass sie sich bestimmt darüber freuen würde.

Wow!

Alice hat mich früher richtig genervt, und plötzlich mache ich ihr ein Geschenk?!

Ich lief meinen Freunden hinterher, und wir suchten nach einem anderen Laden, in dem wir **unser Geld** ausgeben konnten.

Auf dem Weg zu einem anderen Schmied **hörten wir plötzlich Schreie.** Von Weitem konnten wir Menschen **auf der Festungsmauer** erkennen. **Christina** und **Sammy** waren dabei ... diese beiden Menschen mag ich besonders gern. Sie schrien etwas, aber wir konnten weder ein Wort verstehen noch erkennen, auf was sie aufgeregt zeigten. **Es war aber auch nicht wichtig.** Denn eines habe ich gelernt, während ich in diesem Dorf aufgewachsen bin: Es ist **nie gut,** wenn Leute schreien. Den Schreien folgen meist **eine Horde Zombies, panische** Dorfbewohner, Explosionen und/oder brennende Häuser.

Also rannten wir los **in Richtung Ostmauer.**
Die Sache mit dem **Shoppen** war vollkommen vergessen.
Auf Wiedersehen verzauberte Stiefel, neues Schwert und Geschenke für meine Freunde! Meine Gedanken kreisten nur noch um die **panischen** **Schreie der Menschen.**

– Schleime!

– **Überall** **Schleime!**

– Sollen wir uns ergeben?!

Also, äah ...

das Dorf wurde **angegriffen.**

Ein ganz **normales Wochenende** also. Es war ja fast schon **Gewohnheit.** Offensichtlich gehen die Monster in **Monsterstadt** nur wochentags in die Monsterschule.

Ihr Wochenende sieht ungefähr so aus:

Gut, die Menschen sagten, **es handele sich nur um Schleime.** Schleime sind normalerweise **nicht sehr gefährlich.** Sie können nicht mal mit einer Hacke umgehen, es sei denn, Herobrine hat es irgendwie geschafft, **ihnen Arme zu verpassen.**

Sie werden es sicher mit einer **Creeperbombe** versuchen. Ob die Menschen überhaupt schon einmal eine Creeperbombe gesehen haben? **Keine Ahnung ...** Das wird ein **riesiges Durcheinander** geben. **Weinende** Dorfbewohnerbabys ... **schreiende** Kinder ... haufenweise Schleime, die **überall herumhüpfen ...**

Wir haben in letzter Zeit schon **Schlimmeres** gesehen. Die kleinen Schleime können uns kaum etwas antun, **sie sind nur lästig.** Außerdem war der Angriff doch eine gute Möglichkeit, sich mit **Schleimbällen** zu versorgen. Wir sollten wirklich dankbar dafür sein, weil Schleimbälle **supernützlich** sind. Glaubt mir, es gibt für einen Dorfbewohner nur eine Sache, die er einer coolen Sache vorziehen würde: **eine coole und kostenlose Sache.**

All das ging mir durch den Kopf, bevor ich beschloss, nicht auf die Festung zu steigen, um zu sehen, was da vor sich ging. **Das war gar nicht nötig.** Ich entschied zu warten, bis es kleine grüne Würfel regnete, **„Fang den Schleim"** zu spielen und **meine Beute aufzusammeln.**

(Ich hätte mir nur gewünscht, dass sie angegriffen hätten, nachdem ich mein neues Schwert gekauft habe. Aber diese Monster denken immer nur an sich.)

Ich redete mit meinen Freunden über meinem Plan. Max, Mastoc und Esmeralda fanden **die Idee genial.** Alice sagte nichts und **kletterte** die Leiter empor. *(Wahrscheinlich war das ihre Art, mir zu sagen, dass ihr von meinem Plan schlechter wurde als von dem Atem eines Zombies.)*

Was stört sie denn daran?!, dachte ich. Die Schleime wollen auf das Dorf regnen, **nicht auf die Festung!** Die Straßen werden mit Schleimbällen übersät sein! Wir müssen versuchen, als Erste vor Ort zu sein, um möglichst viele **aufzusammeln.** Wir könnten **pro Schleimball** einen Smaragd erzielen. Smaragde würden sozusagen **vom Himmel regnen.**

HurMMmpf.

Ich kletterte hinter ihr her. Als ich oben ankam, **verstummten die Schreie.** Die Menschen und einige Dorfbewohner starrten wortlos auf den Wald. **Ich begriff sofort.**

Die Schleime standen aufgereiht vor ihrem Wald. Jeder weiß, dass Schleime ständig hüpfen. Sie hören **nie** auf. Aber diese dort ... **sie bewegten sich nicht von der Stelle.**

Rechts kann man den **Obsidianwürfel** erkennen. Die Monster haben ihn mit Erde bedeckt. Ich würde ihn gern ausgraben, nur um sie zu **ärgern.**

Das war alles **beunruhigend** – um es vorsichtig auszudrücken. **Unbewegliche** Schleime in einer Reihe ... auf etwas wartend. So unwirklich wie ein Skelett, das einen Wolf umarmt. **Da war was faul.**

Hoffentlich wird Jello nie so groß wie sie. **Ich setze ihn sofort auf Diät!**

Esmeralda kam zu uns auf die Mauer und **schrie auf.**

– O weia, **das habe ich ja noch nie gesehen.**

– Sie scheinen ... **zu trainieren**, sagte Max, der nun auch oben war.

– **Trainieren? Was?**

– Formationen zu bilden, vermute ich.

Ich hatte einen furchtbaren Verdacht. Was, wenn unser Dorf nur ein **Trainingscamp** für Monster war? Vielleicht haben sie die ganze Zeit nur damit verbracht, uns zu **studieren** ... etwas über unser Verhalten zu lernen ... nur um **ihre Techniken zu verbessern.** Das würde bedeuten ... wenn sie **mit uns fertig** sind, sind sie geschickt genug, um **die Dörfer im Osten anzugreifen.** **Kann das sein?** Sind wir nur ein ... **Tutorial?**

Eine Demoversion

„Wie zerstört man ein befestigtes Dorf?"

Und dann setzten sich die Schleime in Bewegung.
Heiliger Herobrine... er hat sie fest im Griff.

Die Schleime sprangen im Rhythmus. Sie waren wie eine hüpfende Wand aus Gelee. Es herrschte ein **großes Durcheinander.** Ein Drittel des Dorfes kam auf der Festung zusammen. **Eine kleine Armee** aus Dorfbewohnern und Menschen – bunt *gemischt, mit gespannten Bögen und finsteren Gesichtern* – nahm **den Feind in Augenschein.**

– Was machen sie?

– Warum stehen sie so in Reih und Glied?

– Wollen sie ein Rennen machen oder was?

Bald darauf erkannte jeder **das Ziel, das hinter dem heutigen Angriff stand.** Schleime sind fast **durchsichtig.** Als sie näherkamen, wurden allmählich andere Monster **sichtbar, die sich hinter ihnen versteckten.**

Jedes Mal, wenn die Schleime hüpften, konnten wir sogar ihre Füße sehen. **Netter Versuch, ihr Monster.** Aber **so unsichtbar** seid ihr auch nicht.

Es war trotzdem ein **guter Plan.**
Wir nannten sie „Mauer aus Schleimen".
Die Schleime dienten den Creepern als **Schutzschilde.**

Sie **schickten** die Schleime vor, um mit den Creepern möglichst nah an unser Dorf heranzurücken. Man braucht **lange,** um ein großes Loch wieder zu stopfen, und die Zombiearmee dahinter könnte einfach **durch das Loch** ins Dorf einmarschieren. Wir dagegen brauchten **enorm viele Pfeile,** um auch nur ein kleines Loch in ihr Schutzschild zu schießen.

Doch sie hatten etwas vergessen,
natürlich.

Naja, ich war **nicht allein.** Tatsächlich **gab es viele,** die jede Menge Pfeile hatten. In letzter Zeit trugen wir sie **alle ständig** mit uns herum. Wenigstens **zwei Stapel.** Mein Großvater hatte immer drei Stapel, **TNT,** einen Eimer mit **Lava** und einen Eimer mit Wasser dabei. **Man kann ja nie wissen,** wofür es gut ist. Habe ich euch schon erzählt, dass mein Großvater die Monster zutiefst **hasst?** Zombies haben vor langer Zeit seine **Blumentöpfe umgerissen,** und da **hat er ihnen Rache geschworen.**

Das habe ich <u>also von ihm gelernt</u>:

Eigentlich habe ich kaum noch mit ihm gesprochen, seit ich in der Schule bin. **Aber das ist Familiensache.**

Kurz, wir haben **so viele Pfeile,** dass wir all diese Schleime in **haufenweise Leinen,** Schleimblöcke und klebrige Kolben verwandeln könnten.

Nach den Schleimen sind dann **die Creeper an der Reihe,** bevor sie größeren Schaden anrichten können. Das ist doch einfach, **oder?**

Es funktioniert in zwei Schritten:

Streng geheime Taktik

der Dorfbewohner

Ja, ich weiß. Man muss **kein Genie** sein, um sich das auszudenken. Bis heute aber war dies **unsere einzige Taktik.** Fast alle Angriffe haben wir dank **einer absurden Anzahl an Pfeilen** zurückgeschlagen. Eigentlich **alle.** Doch heute hatte sich irgendetwas verändert ... Alice stand neben Brio am äußeren Rand der Festung. Unter dem Kommando ihres Vaters hatte sie ihren Bogen bis zum Anschlag gespannt. *(Nur Pierre war stark genug, mit dem Bogen ebenso geschickt umzugehen.)* Als ihr Pfeil durch die Luft schoss, war ein **starkes Zischen** zu vernehmen. Obwohl er sehr weit flog, konnte ich das Knacken hören, als er **in das Fleisch** eines Schleims eindrang.

Seltsam,

es tat sich **nichts.**

Der Schleim schien gar nichts gemerkt zu haben. Daraufhin zog Pierre „Herrn Monsterkiller II": Das ist sein **verzauberter Bogen.**

– Jetzt zeige ich dir, **wie man sein Ziel trifft,** sagte er zu Alice. Du kannst dich ruhig wieder an deine **Stricknadeln setzen.**

In ihrer **gewohnt ruhigen** Art lächelte sie und antwortete frostig:

– Warst du es nicht, der **Unterricht im Bogenschießen** von mir wollte?

Ich hörte leise Jauchzer. Mia und Emma **kicherten** hinter ihm. Auch Priyanka, Nadia, Kaylee, Ben, Bekah… Ja, **sie alle lachten ihn so richtig aus.**

Pierre wurde **rot.**

– Von einem Noob wie dir brauche ich keinen Unterricht …

– **Es reicht!**, schrie Brio.

Alle **hörten sofort auf zu lachen.**

Pierre zog eine Grimasse und wandte sich wieder den Schleimen zu. Er schoss seinen Pfeil mit der gleichen Kraft wie Alice. Seine Wucht hätte einen Zombie in Lederrüstung **auf der Stelle getötet.**

Null Wirkung.

Der **„Kriegsheld"** verschoss einen weiteren Pfeil. Wut und **Verwirrung** zeichneten sich deutlich auf seinem Gesicht ab. Wieder blieb der Pfeil **so wirkungslos wie ein Schneeball.**

Das war ganz eindeutig nicht das, was man von einem Pfeil erwartete, der mit einem verzauberten Bogen verschossen wurde … **Ich begriff: Sie waren gegen die Pfeile immun.** Waren die Schleime gerade eben noch so unwirklich wie ein Skelett, das einen Wolf umarmt, so schien es jetzt, als würden die beiden sich paaren, um etwas zu erschaffen, **was man sich kaum vorstellen mag.**

Es war **das Merkwürdigste,** was ich je erlebt habe. Einige Sekunden herrschte absolute Stille. Dann brachen alle in **Panik** aus.

– Was geschieht da?!

– Die Pfeile haben **gar keine Wirkung?!**

– Pierre und Alice sind doch **die Besten!** Wie ist das möglich?!

Der Bürgermeister war **völlig verwirrt,** wie ein Noob, der ein Haus gebaut, aber **vergessen** hat, es zu erleuchten, woraufhin ein Creeper erschien, ein Loch in sein Dach sprengte, dabei vom **Blitz** getroffen wurde, zu einem **geladenen Creeper** wurde und das ganze **Haus des Noobs** in die Luft flog.

Ach, vergesst das.

Der Bürgermeister war **völlig verwirrt.**

– Könnt ihr mit **euren Bögen** eigentlich richtig umgehen?, fragte er sie.

Ja, **jetzt,** wo sich eine Wand aus Schleimen, gefolgt von Creepern und den Zombies dahinter, langsam nähert, drehen alle völlig durch. **Nein, nicht alle ...** Nachdem Alice und Pierre ihre Pfeile verschossen hatten, beschloss ich, es ebenfalls zu versuchen, **ich auch. Wutentbrannt** spannte ich meinen Bogen fast bis zum Anschlag. **Fast, jawohl!** Der Pfeil durchschnitt die Luft ... **mit einer solchen Wucht.**

Welch eine ... <u>unglaubliche</u> Wucht.

– Was treibst du da, du fermentierte Creeperkartoffel?! Willst du die Erde mit Pfeilen umgraben???

Max **stieß mich** mit dem Ellbogen an.

– Wahrscheinlich haben die Schleime **eine Verbesserung** erhalten … Erinnerst du dich an **die Runenkammer?**

– Du meinst, sie sind verzaubert?

– **Ja, irgendwie.**

Ich erinnerte mich an das, was Max mir über diese **„Kammer"** gesagt hatte. Ihre Herstellung ist sehr **kompliziert,** zehnmal schwieriger als die Herstellung eines Zaubertischs mit einem Bücherregal voller Bücher.

Heute hat sich alles geändert.
Heute wurde uns bewusst,
was uns tatsächlich bevorstand.

Alles, was wir **in der Schule gelernt haben …** alles, was die Menschen **beim Computerspielen** gelernt haben **… waren nur die Grundlagen, der Babymodus,** nur ein Training für die wahren Herausforderungen.

Grundsätzlich wissen wir, dass Schleime **schwer zu töten** sind, weil sich ein großer Schleim in viele kleine teilt. Auch das Monster gelegentlich zusammenarbeiten, ist uns nicht mehr neu. Zombies und

Schleime laufen beispielsweise in einer ersten Angriffsreihe, um andere, tödlichere **Monster zu schützen.** Doch nun haben die Dinge **eine ganz neue Tragweite** bekommen. Wir sind wieder ... **zu Noobs geworden.** Einige der Jungen betrachteten die Wand aus Schleimen **mit Tränen in den Augen.**

Es war Perce, der uns aufrüttelte.

– Sie haben vielleicht einen Schutz gegen die Pfeile ... aber einen **Anti-Schwert-Schutz** gibt es nicht!!!

Ach, oh!
Seht ihr, wie Mastoc das Diamantschwert von Perce anstarrt? Man darf ja wohl noch träumen ...

Er hatte **recht,** wir mussten **hinunter** und ihnen zeigen, **aus welchem Holz** die Dorfbewohner mit ihren **tollen** Schwertern geschnitzt waren. Wir konnten nicht auf unseren Mauern bleiben und uns damit zufrieden geben, **Holzpfeile** aus den Bäumen eines ganzen Waldes auf die Schleime **niederregnen** zu lassen, bis sich keiner mehr bewegte. **Wir mussten hinabsteigen,** das Tor öffnen und ihnen **schreiend entgegenstürmen**, um unser Dorfbiom zu verteidigen.

Dort unten wälzten sich ungefähr 20 Schleime voran ... und sie waren groß. **Fast 2,5 Blöcke breit.** Man erzählt, dass derartig große Schleime **ganze Kaninchen,** Hühner oder sogar einen Erdblock verschlingen können. Ich bin eigentlich nicht so klein, aber ... **so groß bin ich nun auch wieder nicht!!!**

Mit einem Schlag wurden meine Knie **weich,** ich konnte mich kaum noch bewegen. Ich hatte scheinbar **vergessen,** wie man eine Leiter hinabsteigt. **Nein,** mit Angst hatte das nichts zu tun **... eher mit einem Zauber ... genau!**

Seltsam, oder? Auch die anderen standen unter Schock. Brio versuchte, uns aus der Schockstarre zu befreien.

– **Die Stunde ist gekommen,** sagte er. Heute werden wir **den Feind zurückdrängen.** Heute ist der Tag, **auf den wir gewartet haben.**

– **Ist klar ...**, flüsterte Esmeralda Alice zu. Wir haben so lange auf diesen Tag gewartet, da können wir auch noch weitere 5000 oder 6000 Jahre auf ihn **warten. Wir sind ziemlich geduldig.**

Der Bürgermeister **stellte sich neben** Brio und Perce und hielt seine übliche kleine Ansprache.

– Wir dürfen heute nicht scheitern ... sonst werden wir alle **zu Sklaven.**

Ihr werdet vor den Creepern salutieren.

– Ihr werdet **die Latschen** der Zombies wienern.

Ihr müsst jeden Tag Schleimballragout essen.

Viele ihrer Rezepte enthalten Schleimbälle. Sie züchten sie wie Kühe oder Schweine.

– Das sind doch nur **Märchen,** um uns Angst zu machen. Ich habe noch nie von einem Schleimballragout gehört.

– Mein Vater kennt das Rezept. Verglichen mit einem Schleimballragout ist ein Grasragout **so köstlich wie Eiscreme,** wie Eiscreme mit **Keksstücken** ... oder mit **Kuchenkrümeln.**

Verteidigt!!! das Dorf!!!

AHHHHHHGGGG!!!!!

Ihr könnt wegen unserer Ninjakapuzen nicht sehen, dass wir furchterregendes Kriegsgeheul ausstoßen.

Bewaffnet **stürmten wir hinaus. Wütend. Verängstigt. Verzweifelt.** *(Und eigentlich auch ein wenig hungrig.)* Niemand wollte sich eine Zukunft **ausmalen,** in der die Monster die Chefs waren. Niemand wollte sich vorstellen, dass wir eines Tages **gezwungen** wären, Schleimballragout zu essen. Perce führte uns mit Kriegsgeschrei an und versicherte, dass unsere Schwerter den Feind **wie Butter durchschneiden** würden.

Er irrte sich. Nach einigen Hieben wurde uns klar, dass unsere Schwerter ihnen **so gut wie nichts** anhaben konnten. Es war, als wollte man einen Enderdrachen **mit bloßen Händen** töten ... Das ist zweifellos möglich – ***mit starken Freunden an der Seite!*** – aber dafür **braucht man viel, viel Zeit.**

– Das liegt an ihrer Rüstung, sagte Max. **Das ist die einzige Erklärung.**

Schon **möglich,** das würde erklären, warum sie unseren Pfeilen und Schwertern standhielten.

– **Hurmm**. Es könnte aber auch ein Trankeffekt sein?

Effekt „Steinhaut"?

Ich erinnerte mich an die **Schlacht gegen die Zombies.** Ihr Schutz war **so stark,** dass mein Schwert an ihrer Haut abprallte. **Hier war es ganz genauso.** Nun gut, selbst die richtig großen Schleime waren nicht wirklich bösartig. Man musste sich nur **von denen fernhalten,** die Hunger hatten.

(Diejenigen, die immer noch behaupten, dass Schleime nichts essen, lade ich gern mal in meine Welt ein ... Wenn einer von ihnen euch dann für einen Riesenkeks auf Beinen hält, werdet ihr weinen. ***WEINEN, IST DAS KLAR?****)*

Es dauert lange, aber wenigstens können wir ihre Lebenspunkte nach und nach abbauen, bis keiner mehr da ist. Alice, Pierre und ich haben die Lebensleiste eines Schleims schon fast **halbiert.**

Wir kommen voran!

Eigentlich müsstet ihr euch fragen:

„Wenn sie an die Creeper herankommen wollen, warum gehen sie dann nicht einfach um die Schleime herum?"

Wegen **der großen Armee, die ihnen folgt. Macht euch nur lustig,** aber wir wollen schließlich nicht als **Sandwich** enden.

Vielleicht werde ich eines Tages im Kampf sterben, aber doch nicht so.

Herobrine muss geahnt haben, dass wir angreifen würden. **Also** hat er **vorsichtshalber** Verstärkung gerufen. Sie blieb aber hinter den Bäumen versteckt, **im Schatten** ... Sobald wir versuchen würden, die Schleime zu umgehen, **würden sie uns angreifen. Und es waren wirklich viele.**

Heiliger Herobrine ...

Ich sage es nicht gern,
aber **er ist wirklich** ein Genie.

Er hat die Monster um sich geschart, **ausgebildet** und **verstärkt,** wir wissen nicht einmal, wie er es angestellt hat ... **Diese Monster waren früher solche Noobs.** Als ich ein Kind war, konnte man einen Zombie mit einem Erdblock überwältigen. **Mit einem Block Erde!** Dann haben sie gelernt, Bäume zu pflanzen, uns auszuspionieren, vor einer Schlacht Zaubertränke zu sich zu nehmen ... Und jetzt? **Dürfen die das überhaupt?**

Mir wurde klar, dass unsere Stärke allein **uns nichts nutzte.** Gewalt würde zu nichts führen. **Wir mussten etwas anderes finden.**

Eine Schwachstelle. **Eine Schwäche.**

Eine Lücke in ihrer Strategie.

Irgendetwas, an das Herobrine **nicht gedacht hatte.**

Wir mussten nachdenken. Leider aber dachten alle nur an eines: ans nackte **Überleben.**

– **Wir ziehen uns zurück!!!,** schrie Perce. Alle Mann zurück! **Rückzug, ihr Bande von Rittern aus Grundgestein!!!**

Wir stürmten sofort zurück.

– **Die Legion zieht sich niemals zurück!!!,** sagte Karl, bevor er nach vorn lief, um die Monsterhorde genauer zu betrachten. **Nun gut, dieses Mal machen wir eine Ausnahme.**

Alle liefen davon.
Wirklich alle.

Wären wir auf unserem Rückzug an einem Netherportal vorbeigekommen, wären einige wahrscheinlich **hineingesprungen.** So **panisch rannten** wir davon. **Ich will ehrlich sein: Ich bin auch davongelaufen.** Ja, Minus, der Junge, der eines Tages **General Minus** werden möchte, **ist geflohen. Aber dann blieb ich stehen.** Seltsamerweise hörte ich auf zu rennen und blickte den anderen nach. Die Worte des Bürgermeisters hallten in meinem Kopf wider: ***„Wenn wir heute scheitern ... werden wir alle zu Sklaven".***

Was machen wir da?, dachte ich. Wir können doch nicht einfach aufgeben. Wir werden die Schleime nicht los, **ja und?** Wir können uns um die Creeper kümmern. **Ohne die Creeper** sind die Schleime **wehrlos.**

Gut, aber ich bin ganz allein.
Niemand kam zurück.

Ich kann ihnen das nicht verübeln. Sie **folgen nur den Befehlen.** Außerdem waren wir auf eine solche Situation nicht vorbereitet **und vollkommen überfordert.**

Während sich die Monster näherten, starrte ich auf die Mauer. Hinter mir hörte ich **Schleime hüpfen, Zombies atmen ...** Ich sah die Gesichter aller Leute meines Dorfes. **Aller.** Manche kannte ich kaum. Aber eines wusste ich:

Sie alle haben ihre **Träume,**
Hoffnungen, versteckte Ängste,
so wie ich.

Der kleine Tucker zum
Beispiel träumt von einer
Kaninchenzucht.

Es gab **Hunderte** von ihnen, jeder mit seinem eigenen Traum.

Thrasher wollte unsere **Kampfhöhle verbessern**; Olivia, Shelby und Anna träumten davon, **professionelle Ritter zu werden**; Enderstorm wollte eine **Weltkarte vom Ende zeichnen.**

Es gibt sogar einen Menschen, den sie **Bobbyzilla** nennen und der davon träumt, **ein Menschendorf direkt neben unserem Dorf zu errichten.** Ich sah ihre Gesichter einzeln vor meinen Augen auftauchen wie **Bilder** an einer Wand. Wenn es den Monstern gelingt, unser Dorf zu erobern, werden **diese Träume und Ideen niemals wahr:** die gefederte Lavafalle von Drago, die Musikblockmaschine von Flamewolf, das Restaurant mit raffinierten Gerichten von Skyler ...

Nichts davon wird es jemals geben.

Für sie alle drehte ich mich um.

Nachdem all ihre Gesichter an mir vorbeigezogen waren, hatte ich **eine Lösung gefunden.** Ich ließ meine Hand in mein Inventar gleiten und legte Schwert und Bogen dort ab.

Mein Eisenschwert war zu schwer. Ich musste es durch **etwas Leichteres ersetzen.**

Mein Bogen war zu sperrig. Ich brauchte etwas **Handlicheres.**

Hallo, ihr Monster!
Willkommen im Schnellkurs
„Wie zerstört man ein Dorf“.
Ihr solltet euch jetzt hinsetzen, ich habe eine schlechte Nachricht:
Heute werde ich euer Lehrer sein ...

Ich **stürmte** auf die Schleimwand zu. Als ich den Schleimen ganz nah war, **warf ich die Perle in die Luft.** Ich habe noch nie eine Perle geworfen und wusste daher nicht, **wie weil sie fliegen würde.**

Ich wartete eine
gefühlte Ewigkeit.

Ich erreichte die Schleime, noch bevor **die Perle auf dem Boden landete.** Wir blickten uns kurz an, dann lief ich in Richtung Dorf zurück.

Schließlich berührte die Perle den Boden.
Hinter ihnen. Und ich kurz danach ... **auch.**

Die Schleime und Creeper waren **vollkommen** verblüfft.
Ich bin vor ihnen weggerannt, **und war plötzlich verschwunden.**
Sie vermuteten, ich hätte mich in Richtung Dorf teleportiert, und bemerkten nicht, dass ich ganz in ihrer Nähe war, nur 3 Blöcke hinter ihnen. Die Zombies sahen mich, weil ich direkt vor ihnen stand, und sie kamen auf mich zu. **Genau das hatte ich beabsichtigt.**

Wisst ihr, im Monsterverteidigungskurs habe ich gelernt, dass man **mit einem Feuerzeug** Creeper zum Explodieren bringen kann. **Alle auf einmal!** Auf Creeper hat ein Feuerzeug denselben Effekt wie ein **Obsidianschwert** mit der Verzauberung **Stärke XXVIII.** Natürlich explodieren sie dann, daher sollte man es sich nicht zur Gewohnheit machen.

In meinem Fall ...
war es von Vorteil.

Danke, Herr Snark.
(Das ist unser neuer Monsterverteidigungslehrer. Früher hatte er die Kneipe, die die Monster in die Luft gesprengt haben. Ja, er will sich rächen.)

Nach der **ersten Explosion** rannte ich los. Die Zombies konnten nicht schnell genug reagieren und **wurden ausgelöscht.** Die großen Schleime zerfielen in viele kleine Schleime und fanden sich eingequetscht im Explosionskrater wieder. Die Skelette flüchteten, warum auch immer, in den Wald. Warum sie mich nicht erledigt haben? Sie werden wohl ihre Gründe gehabt haben.

Ich zog mich zurück. Meine Ohren klingelten. Mein Herz raste. Schlimmer noch, ich sah rote Blitze. Mir ging es richtig schlecht ... Ich hätte mich nicht so weit entfernen sollen, ich hatte reichlich Schaden erlitten. Das lag an der Enderperle. Ich war völlig ausgelaugt und stand unter Schock. Aber wenigstens arbeitete mein Verstand noch ein wenig. Ich musste noch drei Dinge erledigen:

1. einen Keks essen;
2. noch einen Keks essen;
3. einen weiteren Keks essen.

Ich verstreute überall Krümel, doch meine Hungerleiste füllte sich wieder – und meine Gesundheit erholte sich allmählich. Ich bin echt zu blöd. Wie hatte ich vergessen können, dass man Schaden erleidet, wenn man eine Enderperle wirft? Ich hätte etwas essen sollen, bevor ich mich in den Kampf stürzte.

Ja, lacht mich nur aus, aber ihr wisst genau, dass ich kein Noob bin. Ich bin nur ein bisschen wie ein Noob, das ist alles. Schließlich habe ich noch nicht die Klasse eines Steve.

Inzwischen war die Umgebung nicht mehr so rot. Ich blickte in den rauchenden Krater. Die kleinen Schleime versuchten herauszuspringen, aber es war für sie zu hoch.

Niemand greift ungestraft mein Dorf an, dachte ich. Niemand. Außer ... vielleicht Höhlenspinnen aus dem Ende. Falls diese Viehcher uns wirklich angreifen würden, würde ich sofort Bauer werden oder mit Milcheimern handeln. Mein Geschäft würde ich dann auf einer Wolke im Himmel eröffnen.

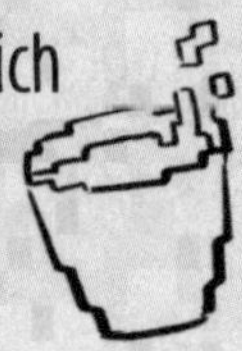

Für einige Sekunden fühlte ich mich absolut cool. Zombieteile lagen überall verstreut, der Krater vor mir war voller gefangener Schleime. Der Wind blies den Rauch in meine Richtung ... Es fehlte nur noch der stählerne Blick eines heldenhaften Siegers.

Oh! Und natürlich ein Standbild des Helden.

– Wie es aussieht, hattet ihr nicht ausreichend ... Explosionsschutz.

(Ach so, eure Rüstungen schützen nicht vor Explosionen?)

Ich näherte mich **dem Kraterrand. Unten am Boden zitterten die Schleime vor Angst.** Ich nahm den Lavaeimer aus meinem Inventar. Er war **so heiß,** dass ich ihn kaum festhalten konnte. Mich beschlich ein **seltsames** Gefühl, es war, als begänne ich ... **mich zu verändern.** Aber ich weiß nicht, ob das gut wäre. Der Eimer zitterte in meiner Hand. Nein, ich werde ihn nicht über den Schleimen ausgießen. Wenn sich jetzt ein Zombie auf mich stürzte, würde ich ihn ohne zu zögern mit meinen Pfeilen spicken, bis er aussähe wie **ein Wächter,** aber das ... **das werde ich nicht tun.**

Was ist mein Problem?

Bin ich ein Schwächling?

Pierre hätte nicht groß darüber nachgedacht. Er hätte es mit einer solchen Selbstverständlichkeit getan, als würde er Blumen gießen. Ich weiß nicht, was mit mir los war. **Ich fühlte mich einfach nur schlecht dabei.** Selbst wenn sie nur Monster waren. Vielleicht dachte ich auch **an Jello. Wer weiß?**

Als sich der Rauch **lichtete,** konnte ich Leute vor der Festung erkennen.

Sie **winkten,** schrien, zeigten mit dem Finger auf irgendetwas.

Sie feuern mich an, dachte ich jedenfalls.

Dann hörte ich ein Rascheln in meinem Rücken ... **sch, sch, sch ...**

Ein BOSS?!

Eines der Dinge, die ich im Monsterverteidigungskurs gelernt habe, war es, **Monster anhand ihrer Schritte zu unterscheiden.** Ich hörte also **Eisenstiefel,** die über das Gras marschierten.

Ich war mir sicher und drehte mich um.

Oh!

Na gut.

Kein Eisen.

Gold, **verzaubert bis zum Helm ...**

Ein Zombie, **in voller Rüstung** und mit einem Schwert. Er **leuchtete so hell wie die Sonne.** Das scheint wohl **in Monsterstadt** die neueste Mode zu sein.

Nachdem man in der Nacht Dorfbewohner terrorisisert hat, läuft **Meister Frontleuchte** vorneweg, um den anderen Monstern den Weg nach Hause zu leuchten.

Das war sicher ihr Anführer. Das war nicht fair. Ich war zu erschöpft für einen Kampf gegen einen Boss! Seinem Gesichtsausdruck nach zu urteilen, würde er wohl nicht warten wollen, bis meine Gesundheit wieder aufgefüllt ist. Selbst wenn ich mit **dem flehenden Blick eines Ozelots darum gebettelt** hätte. Als er mir so nah war, dass ich seinen **üblen Mundgeruch** wahrnahm, ergriff er das Wort.

– **10 Creeper.** **Nicht schlecht.** Ich hoffe, du hast es genossen, denn nun **bist du an der Reihe.**

Blitzschnell warf er einen Trank. Es ging viel zu schnell, und ich war zu erschöpft um auszuweichen.

Er schmetterte gegen meine Brust. Ich spürte die Glasflasche zerspringen. Die Flüssigkeit ergoss sich und verdampfte in einer Wolke aus **blaugrauen Wirbeln**. Ich spürte keinen Schmerz und **wich zurück. Naja ... ich versuchte es.** Es war der langsamste Schritt, den ich jemals getan habe. Ich fühlte mich wie unter Wasser mit **einen Amboss** auf dem Rücken beschwert. Ich begriff sofort, dass es vorbei war. Der Zombie hatte **einen Trank der Langsamkeit** geworfen. **Verstärkt** natürlich. Normalerweise **reduziert** dieser Trank die Laufgeschwindigkeit **um die Hälfte.** Ich hatte das Gefühl, in einem klebrigen Spinnennetz zu hängen ... auf Seelensand ... auf Eis. Nein, ich kam noch viel langsamer vorwärts.

Ich zitiere Perce:

Ich kam vorwärts wie eine entgleiste Lore.

Hurggg.

Wer hätte denn erwartet, dass ein Zombie mit **einem Wurftrank** herumtobt? Ich öffnete meinen Mund, um nach Hilfe zu rufen, schloss ihn aber sofort wieder. Ich sähe ja aus wie ein Schwächling und bringen würde es auch nichts. Sie waren sicher schon auf dem Weg zu uns. **Aber auch das würde mir nicht helfen.** Die Zeit war gekommen, wo von mir nichts übrig bleiben würde als ein Häufchen auf dem Boden verstreuter Gegenstände.

Was?

Was war das?

In meinem Augenwinkel nahm ich eine Bewegung wahr. Weiter weg als der Zombie, noch weiter weg als der Obsidianwürfel. Ja, **versteckt hinter dem Erdhaufen** stand eine Gestalt, die ich sofort erkannte ...

Ich hatte **keinerlei Zweifel**
und drehte mich zu ihr um.
Jetzt würde ich mich
endlich ausruhen können.

Ein leichter Wind strich über die Ebene. Die Blumen hier stehen zurzeit **in voller Blüte.** Ich schloss die Augen und **genoss** ihren Duft.

Zum Glück stand der Zombie **hinter mir.**

– **Sieh mich an,** sagte er in meinem Rücken. Du kannst eh nicht weglaufen.

– **Weglaufen ...** sagte ich und sog den Blumenduft ein weiteres Mal ein. Nein, ich glaube eher, **dass du weglaufen solltest.**

– **Oh!,** antwortete er mit einem hämischen Lachen. **Und warum?**

– **Das wirst du sehr bald wissen.**

Jeder Zeuge dieser Szene würde sagen, dass ich hätte **Angst haben müssen** oder ihm zumindest nicht den Rücken hätte zukehren sollen. Dieser Zombie ist **nicht ungefährlich,** man könnte ihn fast einen **Miniboss** nennen. Ich hatte nur eine Chance, wenn ich meine Beine in die Hand nahm ... aber das war **unmöglich,** was mich aber nicht mehr kümmerte. Ich wusste, dass sie da war, ganz in der Nähe. Ich hatte sie aus dem Augenwinkel gesehen. Von nun an weiß ich eines ganz gewiss: Wo immer ich auch hingehe, egal, in welcher Misere ich stecke ... **Sie wird immer da sein.**

So wie ich
ihr versprochen habe, sie zu beschützen ...

... So hat sie es
auch mir
versprochen ...

Sie hat es nie wörtlich gesagt.
Aber wer wäre für mich da, wenn nicht sie.

SAMSTAG-MORGEN

Alice hat mich gestern umarmt. Heute haben wir **Händchen gehalten.** Äh ... rein technisch gesehen. Es ist nicht, was ihr denkt.

Ich werde es in meinem Zimmer aufhängen ... Eines Tages werde ich es **golden einrahmen.**

Wir haben eine riesen Party gefeiert.

Der Bürgermeister gratulierte uns, Brio, Perce und viele andere Lehrer auch. Herobrines Streitkräfte werden von Tag zu Tag größer, sagte der Bürgermeister. Ihr gestriger Angriff hat uns **alle überrascht.** Aber zwei Dorfbewohner haben ihnen die Stirn geboten. **Nehmt euch alle ein Beispiel an diesen künftigen Kriegern!**

Unglaublich, oder?

Ihr habt diesen Tag nicht kommen sehen, was?

Jetzt ist es amtlich:
Wir sind Kriegshelden.

Wir haben auch **spezielle Umhänge** erhalten. Sehen wir damit nicht **super**cool aus? Sie sind viel besser als die von Pierre und Esmeralda.

Coole Sachen gratis. Coole Sachen gratis.
Coole Sachen gratis …
Bleib ruhig, Minus! **Bleib ruhig!**

Sie haben zwei geniale Verzauberungen: **Standfestigkeit** verhindert, dass man von einem Monsterschlag zurückgeworfen wird. Ich werde es euch nicht detailliert erklären, denn es ist ja klar, wie **praktisch** das ist. **Regeneration ...** dagegen ist ein **vorübergehender Schutz,** der eintritt, wenn man **nicht mehr viel Gesundheitspunkte** besitzt. Das funktioniert zwar nur für eine Weile, ist aber **trotzdem großartig.** Karl hat **uns auch gratuliert.** Es hat mich nicht überrascht, als ich hörte, dass sich Pierres Freunde über seinen **Schal** lustig machten. Wie ihr bemerkt habt, habe ich **„Pierres Freunde"** gesagt und nicht **„Pierre und seine Freunde".** Pierre hat auf dem ganzen Fest nichts gesagt. Als die Reden beendet waren und das Essen serviert wurde, ist er zusammen mit Roc verschwunden. Ich habe genau gesehen, wie **genervt** er war. Er hat vergeblich versucht, es zu verbergen. Pff, ist ja auch egal. Es ist eigentlich keine Erwähnung wert. Es gab überall leckeres Essen und die Leute waren **glücklich.**

Es war das größte Fest, das ich je erlebt habe.

Selbst Alice lachte viel, und **das ist selten.** Sie strich mit ihren Händen über ihren Umhang. Sie hatte davor noch nie **etwas so Wertvolles** besessen. Jetzt fühlte ich mich schuldig, dass ich **ihre Enderperle** verwendet hatte ... Ich dachte gerade darüber nach, ihr sofort eine neue zu kaufen, als Perce **auf mich zukam.**

– **Gut gemacht,** Minus. Mach weiter so! Vielleicht bezeichnest du ja eines Tages mich **als Enderbaby,** wer weiß?

Er schüttelte mir die Hand. **Ehrlich,** ich war echt froh, dass ich meine Kapuze anhatte, weil ich so **rot** anlief wie ein Redstoneblock. Der Kampflehrer hob sein Glas mit Melonensaft. Ein Trank mit Geschmack, **der erste im Dorf!** Tim und Maya haben herausgefunden, wie man ihn herstellt.

– Ich weiß nicht, ob du es schaffst, der **Kapitän** zu werden, sagte er und nahm einen Schluck. Der Konkurrenzkampf ist in diesem Jahr besonders hart. **Pierre will sicher auch gewinnen!**

Mein Verstand **verweigerte** eine Antwort.

Kapitän?!

Warum hatte ich noch nie etwas davon gehört?!

Als Perce meinen Gesichtsausdruck sah, **verschwand** sein Lächeln.

– **Ach ...** vergiss, was ich gesagt habe.

Dann verabschiedete er sich, bevor ich auch nur eine Frage stellen konnte.

Als er in der Menge untergetaucht war, wandte sich Alice an mich.

– Ich habe den **Eindruck,** der Bürgermeister wird gleich etwas Wichtiges bekanntgeben.

Und wie! Ich hatte schon früher bemerkt, dass sich die Lehrer heute **ungewöhnlich** verhielten. Man sah es an ihren Gesten, an ihrem

Lachen ... **Sie waren nervös.** Gestern hat unser Dorf den bisher größten Sieg errungen, obwohl wir durch die Monster überrascht worden waren. Aber das hatten sie ja immer getan ... Ich dachte einen Moment darüber nach und **verlor mich** in meinen Überlegungen.

Kurz darauf tauchte Brio auf.

– **Es ist an der Zeit,** sagte er mit sehr ernster Stimme.

– An der Zeit wofür?, fragte ich.

Er lächelte ... **fast unmerklich ...**

– An der Zeit für Plakate **natürlich.**

Ich konnte noch immer **nicht begreifen,** was passiert war.

Hier ist noch etwas, was ich mir nie so erträumt hätte:

MINUS
SCHÜLER
LEVEL 95

BERGBAU	87%
KAMPF	100%
HANDEL	100%
LANDWIRTSCHAFT	89%
ARCHITEKTUR	98%
HANDWERK	97%

(Wie das Geräusch einer Reihe Creeper, die sich stark fühlten, weil sie sich hinter Schleimen versteckten, dort hinten aber durch ein Feuerzeug in die Luft gesprengt wurden.)

Nach der gestrigen Schlacht bin ich auf den **zweiten** Platz in der Rangfolge aufgestiegen. Ich habe **außer Alice** alle überholt. Die Schule ist bald zu Ende. Ich muss also nur noch meinen Platz halten und mich absichern, damit niemand mich **sabotiert.**

... Pierre, ich behalte dich im Auge!!!

In weniger als 30 Minuten hatte ich mit Alice **unsere Plakate** fertiggestellt. Wir gingen wieder zum Fest und wurden **jubelnd** begrüßt. Mastoc gab mir ein **High Five.** Er hat die Lehrer über meinen Platz reden hören. Er selbst konnte sich auch nicht beklagen: **Er war Nummer 7.** Ich versprach, ihm zu helfen, besser zu werden. Das ist ja auch das Mindeste! Wie könnte ich gegen eine Horde Monster kämpfen ohne **meinen besten Freund** an meiner Seite? Besagter bester Freund zog einen **seltsamen** Gegenstand aus seinem Inventar. Er sah aus wie eine dosenförmige Maschine.

– Guck mal, was ich **gemacht** habe.

Ich sah den Gegenstand an ... So etwas hatte ich **noch nie** gesehen.

– Die Menschen haben mir davon erzählt, sie nennen es ... **Geburtstagsfeier ...** Man isst **Kuchen** und öffnet **Pakete.** Darum habe ich dir ein ... **Paket** gemacht.

Er legte es in meine Hände.

– Ääh ... **danke,** aber ... was muss ich jetzt damit machen?

– Es ist wie ein Geschenk ...

Ein Geschenk ...?

Wie eine Sache, die cool und gratis ist?

Auf einmal wusste ich genau, was ich damit machen musste. Ich wusste es 0,0000000001 Sekunden, nachdem er das Wort ausgesprochen hatte.

Nein, ich habe nicht reingebissen. Die kleinen Fetzen flogen mir aus den Händen, nicht aus dem Mund. Übrigens war es gar nicht leicht, sie zu zeichnen, weil man sie kaum sehen konnte: ***Sie bewegten sich zu schnell.***

Die Verpackung verschwand **sofort,** nachdem ich sie geöffnet hatte und brachte ... **einen Diamanten** zutage.

Einen Diamanten!!!

Ich brauche euch ja nicht zu erklären, dass Diamanten im Dorf **supermegaselten** sind. Damit ihr es auch versteht, muss ich euch noch eine kleine Geschichte erzählen. **Alle Diamanten,** die wir damals in jener Doppelader gefunden hatten, wurden in einem **Lagerraum** untergebracht. Der Bürgermeister hatte zu jener Zeit entschieden, sie beiseitezulegen und für **eine besondere Gelegenheit** aufzubewahren. Dann aber hat dieser Verräter Urf **alle gestohlen.** Jetzt haben wir keinen einzigen Diamanten mehr.

Seither graben die Dorfbewohner immer tiefer in der Erde nach ihnen, **bisher leider erfolglos.** Wir haben nicht eine Ader gefunden. Sogar das Eisen ist inzwischen knapp geworden. Wir haben fast alle Rohstoffe, die sich unter dem Dorf befanden, abgebaut, sogar die Steine, mit denen wir unsere neuen Verteidigungsanlagen gebaut haben. Zurückgeblieben sind nur lange, dunkle Minentunnel. Sie winden sich unter unseren Füßen, ein **gigantisches Labyrinth** mit mehreren Etagen. **Endlose** Gänge aus Stein und Kies ... aber **keine Rohstoffe** mehr.

Kurz gesagt, wir sitzen bald **auf dem Trockenen.** Dank unserer Bäume haben wir genug Holz, aber wir können keine Rohstoffe wachsen lassen. Die Bergarbeiter sind **ultragestresst,** denn der Bürgermeister macht Druck. Sie arbeiten härter und graben immer tiefer. Eines Tages ist ein Dorfbewohner in Tunnel 67 auf **eine Art Festung** gestoßen. Der Raum war **gigantisch.** Die Fackeln konnten ihn kaum ganz ausleuchten, und große Teile blieben völlig im Dunkeln. Man vermutete sofort, dass er voller **Schatztruhen, Gold, Smaragde, Waffen, Tränke und Reliquien aus vergangenen Zeiten war ...**

Die anfängliche Freude war groß. Vielleicht gab es dort ja auch Diamanten. Doch als sie den ersten Fuß in den Raum setzten, hörten sie ein **furchtbares Zischen.** Irgendetwas bewegte sich in der Dunkelheit – und es musste ziemlich groß sein. **Sehr groß.** Vielleicht war es eine Riesenspinne oder etwas, was noch nicht einmal in unseren Büchern erwähnt wurde ...

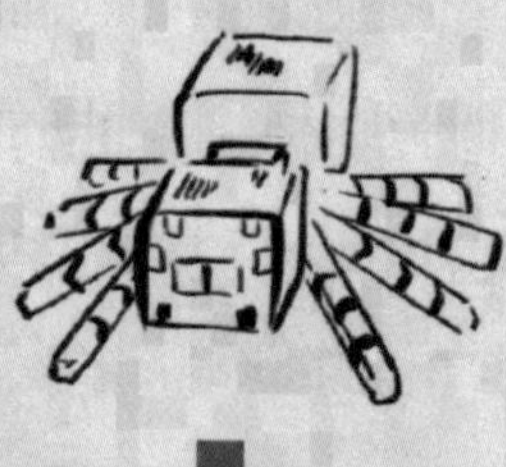

Naja, Minenarbeiter sind keine Noobs, sonst könnten sie in den Minen gar nicht so lange überleben. Also haben sie den Tunneleingang, der zu diesem Raum führte, mit **fünf Schichten aus Stein** verschlossen ... und sind wieder an die Oberfläche gestiegen.

Sie haben überall Schilder aufgestellt, um die Leute zu warnen.

Sogar einen Zaun haben sie errichtet.

Hoffentlich kommen die Menschen nie hierher. Sie könnten hier unseren heimlichen Schatz vermuten.

Ich betrachtete den **Diamanten** in meiner Hand. Ich fragte mich, wie viele Smaragde man wohl dafür bekommen würde. Mastoc zuckte **nur** mit den Schultern, als hätte er mir ein Stück Brot geschenkt und nicht einen **voll genialen, wertvollen Superstein.**

– Du wolltest doch ein besseres Schwert, also habe ich versucht, dir zu helfen ... Jetzt müssen wir nur noch einen guten Schmied finden.

– ...

Ich war dermaßen **verblüfft,** dass ich **kein Wort** herausbrachte. Doch er schien meine Gedanken zu erahnen.

– Und denk bloß nicht darüber nach, ihn mir zu **zurückzugeben,** sagte er. Du bist es wert, weil du **mein bester Freund bist.**

– **Danke**, ich wollte nur sagen, dass ...

Ich unterbrach mich mitten im Satz, weil alle anderen plötzlich verstummten.

Einer nach dem anderen drehte seinen Kopf in Richtung ...

Bürgermeister

Er hatte die Bühne wieder mit seinem klassischen griesgrämigen Gesicht betreten. Es sollte zum Ausdruck bringen, dass wir gefälligst aufmerksam zuhören sollten, was er Wichtiges zu sagen hatte.

– Ich gebe heute noch etwas **bekannt**, sagte er. Wir haben viel über die aktuelle Situation diskutiert und **beschlossen, dass ...**

Er machte eine lange Pause.

– ... alle Schüler, die mit der Schule fertig sind, ab jetzt **den Weg des Schwertes einschlagen können,** wenn sie es wollen.

Einen Weg!

Das ist das, was viele der Erwachsenen als **Beruf** bezeichnen. Es gibt **den Weg des Korns, den Weg der Angel, den Weg des Buchs, der Schreibfeder** usw. In jedem Jahr organisiert das Dorf eine Feier, bei der die Schüler einen Gegenstand aus einer speziellen Truhe auswählen dürfen. Sie halten ihn dann stolz über ihren Kopf, damit alle sehen können, **welchen Weg sie gewählt haben.**

Es ist eine Entscheidung **fürs Leben, die nicht mehr geändert** werden kann. Bisher enthielt diese Truhe Angelhaken, Spitzhacken, Bruchsteine, Bücher, Ambosse, Werkbänke, Baumwolle, Leder ...

Doch in diesem Jahr
sind auch Schwerter dabei.

Jeder konnte nun **Krieger werden,** unabhängig von seinem Score. Auch wenn ich zunächst **geschockt** war über diese Bekanntmachung *(so wie alle)*, kam sie dennoch nicht so ganz überraschend. Angesichts all der Monster dort draußen würden fünf Dorfbewohner **nie im Leben** reichen. Wir brauchen eine kleine **Armee.** Vielleicht würden sich die Menschen uns anschließen, aber selbst das wäre nicht genug. Außerdem können wir nicht darauf bauen, dass sie für immer hier bleiben und uns beschützen werden. Nein, das, was gerade seinen Anfang nahm, **war notwendig.** Dennoch hatte ich eine Frage: Was passiert **mit den besten Fünf?** War all die Arbeit **etwa umsonst gewesen?** Das stundenlange Studieren in Büchern, all die Risiken, die ich eingegangen war ... Ich war nicht der Einzige, **der sich beschwerte.** Der Bürgermeister nickte, als hätte er eine solche Reaktion erwartet.

– Natürlich haben die in der Rangfolge **besten Schüler** das Recht auf **einen Ausgleich.** Sie dürfen einen ganz besonderen Weg wählen:

den Weg des Diamanten.

Brio ergriff das Wort.

– Diamanten gelten als **rein, selten, glanzvoll, beständig ...**

wie die Schüler, die diesen Weg wählen. Ihr werdet die Krieger in die Schlacht führen **und seid für die Strategie verantwortlich.** Ihr werdet uns als **Kapitäne** zum Sieg führen. **Die Elite.**

Perce fügte hinzu:

– Und eines Tages werdet ihr unsere Armee **vor die Tore von Herobrines Schloss führen!**

Der Bürgermeister blickte ihn verärgert an.

– **Idiot!**

Er senkte seinen Blick auf **die Flasche mit Melonensaft** in der Hand von Perce. Er neigte sich zu ihr, **schnüffelte** daran und schlug sie ihm aus der Hand.

– **Der ist ja fermentiert!** Das hätte ich mir denken können. Perce blickte der über den Boden rollenden Flasche nach.

– **Fermentiert ...?**, fragte er. Was soll das heißen?

Fermentierter Melonensaft. Das erklärte einiges. Nachdem die Mädchen das neue Rezept entwickelt hatten, gaben sie dem Melonensaft **ein Spinnenauge** zu und bemerkten, dass der Saft fermentierte und jeden veränderte, der ihn trank. Er führte zu **Schwierigkeiten beim Gehen** und Sprechen, **man vergaß** eine Menge Dinge und konnte sich **kaum noch konzentrieren** ...

Es war schon **komisch.** Da all dies neu war und Perce nicht viel **von Tränken oder Crafting** verstand, traf es ihn völlig unvorbereitet. Er hätte es vielleicht **am besonderen Geruch** bemerken können, aber gut. Er hat halt nicht aufgepasst, aber er wusste, dass das **kein Zufall** war. Jemand hatte ihm absichtlich ein alkoholisches Getränk serviert.

– Wenn ich den erwische, der das getan hat, wird er nach all den Liegestützen, die ich ihn machen lasse, **aussehen wie ein Creeper!!!**

(Wollte er damit sagen, dass die Arme dann abfallen?)

Angesichts der vielen kichernden Schüler war es unmöglich, den **Schuldigen** sofort auszumachen. Doch dann sah ich, dass Max versuchte, sein Lachen zu unterdrücken, **und ich hatte verstanden.**

Er hat sicher nicht damit gerechnet, dass **sein kleiner Streich** so **viel Durcheinander** verursachen würde. Wie dem auch sei. **Wir hatten die Wahrheit gehört.**

Der Bürgermeister **seufzte** und senkte den Kopf. Brio führte Perce, der nur noch ein Nervenbündel war, von der Bühne, und **das Gelächter verstummte.**

Dann herrschte **Stille.** Die Stille von 150 Schülern, denen plötzlich klar wurde, was die Worte, die Perce herausgerutscht waren, letztendlich bedeuteten. Sie würden eines Tages vor

den Toren von
Herobrines Schloss stehen.

BIOGRAFIE DES AUTORS

Cube Kid ist das Pseudonym von Erik Gunnar Taylor, einem dreißigjährigen Autor aus Alaska, USA.

Als großer Freund von Computerspielen – und vor allen von Minecraft – entdeckte er sehr bald seine Leidenschaft für das Schreiben von Fanfiction.

Sein erstes Buch erschien im Februar 2015 als E-Book und wurde von der Community der Minecraft-Spieler sofort mit großer Begeisterung aufgenommen.

Im Februar 2016 erschien das Buch in Frankreich in gedruckter Version – mit Illustrationen von Saboten. Und das ist erst der Beginn seiner Reise um die ganze Welt!

Wenn er nicht gerade schreibt, reist Cube Kid gern, bastelt an seinem Auto, verschlingt Fanfiction ... und spielt sein liebstes Computerspiel!

BAND 1

Minus ist zwölf Jahre alt und geht noch zur Schule. Er ist dazu bestimmt, Bauer, Schmied, Priester oder Fleischer zu werden, so wie die anderen Dorfbewohner ... Minus aber träumt davon, Abenteurer zu werden. Als er erfährt, dass die fünf besten Schüler seiner Schule eine Ausbildung zum Krieger machen dürfen, will Minus unbedingt dabei sein. Der Wettbewerb ist hart, aber Minus ist zu allem bereit: Von nun an wird er sich von niemandem mehr wie ein Noob behandeln lassen!

ISBN 978-3-7415-2057-0

BAND 2

Minus träumt noch immer davon, Abenteurer zu werden. Doch als hätte er mit einem gezähmten Babyschleim, einer geheimnisvollen Mitschülerin und neuen Feinden, die vor nichts zurückschrecken, um den Wettkampf zu gewinnen, nicht schon alle Hände voll zu tun, wächst auch der Wald jenseits der Festungsmauern immer weiter … Minus muss den gesamten Mut eines echten Kriegers aufbringen, um sich der furchtbaren Bedrohung zu stellen, die auf sein Dorf zukommt …

ISBN 978-3-7415-2106-5

BAND 4

Langsam wird die Lage für Minus brenzlig. Der schlimmste Angriff, den das Dorf je erlebt hat, steht bevor und er muss sich auf seine Redstoneprüfung vorbereiten, dabei ist er ein totaler Noob auf diesem Gebiet! Lola, für die Schaltkreise ein Kinderspiel sind, scheint die Lösung für alle seine Probleme zu sein. Doch ihre Ungeschicklichkeit könnte Minus fast seinen Traum kosten ...

ISBN 978-3-7415-2232-1

BAND 5

Minus hat es geschafft – er ist ein wahrer Krieger. Keine Aufgabe war ihm zu schwer, er hat sich jedem Gegner gestellt. Aber Minus ruht sich nicht auf seinem Erfolg aus. Er ist keiner von diesen Angebern. Minus und seine Freunde machen immer weiter und beschützen die Schwächeren vor immer größeren Monstern. Macht euch auf das gefasst was dort kommt – es wird GROß!

ISBN 978-3-7415-2295-6

BAND 6

Habt ihr tatsächlich geglaubt, dass Minus alles Böse der Klötzchenwelt bereits erledigt hat? Hier ist Band 6 und ihr könnt euch sicher sein: Mit dieser Bedrohung für das Dorf hat niemand gerechnet!

ISBN 978-3-7415-2325-0